임경업전
적병들의 머리가 가을바람에 낙엽 날리듯 떨어지니

16

임경업전
적병들의 머리가 가을바람에 낙엽 날리듯 떨어지니

전국국어교사모임 기획 · 권혁래 글 · 이정빈 그림

Humanist

'국어시간에 고전읽기' 시리즈를 펴내며

고전을 읽어야 한다는 가르침은 어릴 때부터 귀가 따가울 만큼 들었다. 그러나 몸소 이를 따르는 사람은 흔치 않다. 종종 고전을 가까이하는 사람들이 있는데 이들은 대체로 삶을 헛되이 보내지 않고 훌륭한 일을 이루어 세상에 뚜렷한 이름을 남겼다. 고전 안에 그만큼 값진 속살이 들어 있기 때문이다.

고전이 이처럼 깊은 가치를 지녔는데 어째서 고전을 읽는 사람은 흔치 않을까? 아마도 고전이 사람을 쉽게 끌어당겨 주지 않기 때문일 것이다. 고전은 우리에게 섣불리 손짓을 하지도, 눈웃음을 치지도 않는다. 고전은 끈기를 가지고 파고들어 오는 사람에게만 마지못한 듯이 웃음을 지으며 속내를 털어놓는다. 고전은 요즘보다 훨씬 무뚝뚝하던 옛날에 이루어진 삶이며 글이기 때문이다.

그래서 우리는 청소년들이 고전을 즐겨 읽을 수 있도록 마음을 다했다. 뻣뻣하고 까칠한 고전을 달래서, 부드럽고 친절하게 청소년을 끌어당기도록 손을 쓰고 공을 들였다. 멋없이 무뚝뚝하던 고전을 정성껏 매만져서 두 팔을 활짝 벌리고 청소년들을 끌어안을 수 있도록 탈바꿈했다.

고전은 이제 온전히 겉모습을 바꾸어 청소년들을 맞이할 것이다. 자칫 속살까지 탈바꿈한 것처럼 보일지 몰라도 책을 읽다 보면 예스러운 고전의 맛과 멋을 한껏 느낄 수 있을 것이다. 우리는 무엇보다도 고전이 고전다운 속내와 뼈대를 온전하게 지니도록 하는 데 힘을 쏟았다.

고전은 시공간을 뛰어넘고, 나라와 겨레를 뛰어넘어 세상 모든 사람에게 큰 울림을 준다. 《시경》, 《탈무드》, 《오디세이아》, 셰익스피어와 괴테의 작품이 세상 모든 이에게 가르침을 주듯이, 우리의 고전도 모든 이에게 값진 가르침을 줄 것이다. 가르침이 서로 다르기는 하지만 높낮이가 있는 것은 아니다. 그러므로 세상 고전을 두루 읽어야 하는 것이나, 우리는 우리네 고전부터 읽는 것이 마땅한 차례다.

　이런 뜻으로 전국국어교사모임에서 '국어시간에 고전읽기' 시리즈를 펴낸 지 십 년이 되었다. 누구나 두루 즐기며 읽을 수 있도록 쉽게 풀어 쓰고 맛깔나고 재미있는 작품으로 재창조하려고 무던히도 애썼다. 다행히도 많은 독자로부터 분에 넘치는 사랑을 받았고, 우리 고전을 가까이하고 즐기는 청소년들이 많이 늘어 고마울 따름이다.

　지난 십 년처럼 묵묵하게 이 시리즈를 이어 갈 생각으로 첫 마음을 되새기며 글과 그림을 더하고 고쳐 좀 더 새로운 얼굴의 우리 고전을 세상에 다시 내놓으려 한다. 이 책을 통해 우리 청소년들이 풍성하고 가치 있는 고전의 바다에 풍덩 빠질 수 있기를 기대해 본다.

2012년 11월
전국국어교사모임

《임경업전》을 읽기 전에

'임경업'이라는 이름을 들어 본 적 있나요? 임경업은 조선 인조 때의 장군입니다. 소설 《임경업전》은 임 장군의 생애를 전기 형식으로 엮은 작품입니다. 소설에서 그는 '만고 충신 임경업'으로 불렸습니다. 소설의 내용을 보면, 충주 달천에서 태어난 임경업은 18세에 무과에 급제, 사신을 따라 중국에 갔다가 황제의 명을 받고 군대를 일으켜 가달국에게 항복받고 호국을 보호하여 큰 공을 세웁니다. 병자호란 때에는 호국의 공격으로부터 조선을 구하려 했지만 뜻을 이루지 못합니다. 뒤에 소현 세자와 봉림 대군이 호국에 볼모로 잡혀갔을 때는 중국으로 직접 들어가 온갖 어려움을 이겨내고 두 왕자를 본국으로 돌려보내는 큰 공을 세웁니다. 하지만 조선으로 돌아오자마자 그는 김자점에 의해 역적으로 몰려 억울한 죽음을 당합니다. 뒤에 김자점은 처단되고, 경업은 누명을 벗어 민족의 영웅, 국가의 영웅으로 그려집니다.

《임경업전》은 1700년을 전후해 대단한 인기를 누렸습니다. 연암 박지원이 중국에 갔을 때 관운장을 모시는 사당에서 《수호전》을 시끌벅적 읽는 중국인들을 보았는데, 그 모습이 우리나라 시장 거리에서 《임장군전》을 낭독하는 것과 같았다고 《열하일기》에 기록하였습니다. 《임경업전》 때문에 살인 사건이 일어나기도 했습니다. 조선 후기에는 소설을 낭독하는 것을 전문으로 하는 '전기수(傳奇叟)'라는 직업이 있었는데, 한 전기수가 서울의 어느 담뱃가게 앞에서 《임경업전》을 낭독할 때였습니다. 김자점이 임 장군에게 없는 죄를 씌워 죽이는 대목에 이르렀을 때 한 사람이 흥분해서 담배 써는 큰 칼을 들고, "네가 자점이더냐?" 하며 전기수를 죽인 일이 발생하였습니다. 일명 '담뱃가게 살인 사건'! 그만큼 《임경업전》은 당시 사람들에게 영향력을 끼쳤던 작품입니다. 사람들은 임경업을 민중의 영웅으로 형상화하고, 능력을 제대로 발휘하지 못하고 죽음을 당한 것에 안타까움을 느꼈습니다. 그리고 임경업에게 역적의 누명을 씌운 김자점을 허구로나마 응징하려 하였습니다.

《임경업전》은 《임진록》, 《박씨전》과 함께 대표적인 역사 소설, 또는 역사 군담 소설로 손꼽힙니다. 《임경업전》에는 역사적 사실과 허구가 섞여 있습니다. 이 작품에는 각종 성(城)과 지명, 벼슬과 사람 이름, 중국의 지명, 역사적 사건 등이 많이 소개되어 읽는 데 불편한 점도 있지만, 당시의 역사적 상황을 상상하면서 읽으면 당시의 상황과 조선 사람들의 마음을 엿볼 수 있을 겁니다. 여러분이 《임경업전》을 직접 읽으면서 충신 임경업의 삶과 지향점, 병자호란을 전후한 시기에 조선 사람들의 한과 열망을 느낄 수 있기를 바랍니다. 그리고 한 발 더 나아가 사실에 허구가 더해진 것의 의미도 생각해 볼 수 있으면 좋겠습니다.

2015년 4월
권혁래

차례

들어오는 걸음은 사자와 같고,

나가는 걸음은 범과 같으니,

영웅이로다!

경업,
장수 되기를 꿈꾸다

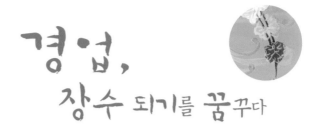

대명 숭정 말년에 조선국 충청도 충주 단월 땅에 한 사람이 있었으니, 성은 임(林)이요, 이름은 경업(慶業)이라 했다. 경업은 일찍이 아버지를 여의었으나 어머니를 지극하게 섬겼고, 형제간에 우애도 깊었다. 또한 열심히 농사를 지어 어머니를 편안히 모시니 일가친척과 고향 사람들이 경업을 칭찬하지 않는 자가 없었다.

경업은 어릴 적부터 마음에 큰 뜻이 있어 늘 말하곤 했다.

"대장부라면 마땅히 출세하여 임금을 섬기고 공을 세워 세상에 이름을 남겨야지. 내 시골에 묻혀 인생을 마치진 않을 거야."

● **대명**(大明) 중국 명나라를 높여 부르던 말.
● **숭정**(崇禎) 중국 명나라의 마지막 황제 의종(毅宗) 때의 연호.

경업이 열 살이 되자 밤이면 병서를 읽고, 낮에는 무예와 말타기에 힘쓰며 장수 되기를 꿈꾸었다. 열여덟 살이 되었을 때 과거 소식을 전해 들은 경업은 한양에 올라와 무과 시험을 보았다. 장원 급제였다. 경업의 첫 벼슬은 전옥서 주부였다. 경업이 임금께서 내려 주신 계화관과 청삼을 갖춰 입고 종이 끄는 말을 타고 큰길로 나서니, 구경하던 사람들이 위풍당당한 경업의 모습을 보고 하나같이 칭찬을 아끼지

전옥서(典獄署) 조선 시대에 감옥에 갇힌 죄인에 관한 일을 맡아보던 관아.
주부(主簿) 조선 시대에 각 관청의 문서와 장부를 주관하던 종6품 관직.
계화관(桂花冠) 계수나무 꽃으로 꾸민 관. 과거에 급제한 이는
이 화관을 머리에 쓰고 시가행진을 했다.
청삼(靑衫) 조복(朝服) 안에 받쳐 입던 옷. 푸른색 바탕에 검은 빛깔로
가장자리를 꾸미고 큰 소매가 달린 옷이다.

않았다.

사흘 동안 유가를 마친 뒤에 조정에 말미를 얻어 고향으로 돌아가 어머니께 인사를 올리니, 어머니께서 옛일을 떠올리며 감격했다. 경업은 이웃과 친척 들을 모아 잔치를 연 뒤에 어머니께 하직하고 벼슬길에 나아갔다.

주부 벼슬에 나아간 지 3년 만에 경업은 백마강 만호로 승진했다. 경업이 벼슬을 받고 부임하여 농번기에는 백성들이 편히 농사를 짓게 하고 농한기에는 백성들에게 무예를 가르쳐 군사력을 키우니, 백성들이 잘살게 되고 성의 수비가 튼튼해졌다. 이 소문이 조정에까지 전해지자 우의정 원두표가 임금께 나아가 아뢰었다.

"폐하, 천마산성은 외적을 방어하는 데 매우 중요한 곳인데, 성벽이 허물어져 하루빨리 보수해야 한다고 하옵니다. 재주 있는 장수를 뽑아 고치도록 하소서."

"그런 사람이 있으면 경이 천거하시오."

"예, 백마강 만호 임경업이 적임자이옵니다."

임금이 곧바로 경업을 불러 천마산성 중군 벼슬을 내렸다. 다시 백마강으로 내려온 경업은 잔치를 벌여 군사들을 위로했다. 그러자 군사들이 먼저 술과 음식을 준비하여 올리며 말했다.

"장군, 감축드립니다. 하지만 저희는 부모 같은 장군님을 하루아침에 떠나보내니, 갓난아이가 어미를 잃은 것 같습니다."

"내 너희에게 은혜를 베푼 일이 없는데 이렇게 나를 위로해 주니 참으로 고맙구나. 내 한잔 술로 정을 전한다."

경업이 잔을 들어 술을 권하니 모든 군사가 잔을 받고 감격했다.

경업이 떠나는 날 아침에는 부하들이 멀리까지 따라 나와 경업을 배웅했다.

경업이 한양에 올라와 이조 판서에게 인사를 올리니 판서가 말했다.

"자네의 아름다운 소문이 조정에까지 들리기에 내 우의정 어른과 의논하여 주상 전하께 천거했네."

경업은 이조판서에게 절을 하고 말했다.

"소신을 조정에 천거하여 높은 벼슬을 내려 주시니 황공할 따름입니다."

경업이 대궐에 들어가 우의정 원두표를 찾아 인사를 올리니 원두표가 말했다.

"그대의 재주가 높아 만호에 오래 두기 아까워서 조정에 천거한 것

- 유가(遊街) 과거에 급제한 사람이 시험관, 선배, 친지 등을 방문하기 위해 풍악을 울리며 시가행진하던 일로, 보통 사흘 동안 행했다.
- 백마강(白馬江) 충청남도 부여군 지역의 강.
- 만호(萬戶) 종4품의 무관 벼슬.
- 원두표(元斗杓) 조선 인조 때의 문신(1593~1664). 광해군의 정치에 반대하여 아버지 원계군(原溪君) 원유남(元裕男) 등 여러 대신들과 힘을 합하여 인조반정에 성공했다. 그 공으로 정사공신 2등에 뽑히고 원평 부원군으로 책봉되었다. 또 이괄의 난을 진압하는 공을 세웠으며, 병자호란 때에는 왕을 남한산성으로 호위하여 어영대장을 지냈다.
- 천마산성(天摩山城) 평안북도 삭주군과 의주군 사이에 있는 천마산을 중심으로 쌓은 산성. 역사에서 실제 임경업이 맡은 성은 평안북도 의주군 백마산(白馬山)에 있던 백마산성이었다. 북쪽 국경을 경비하는 중요한 성인데, 여기에서는 이 성을 천마산성으로 바꿔 놓았다.
- 중군(中軍) 각 군영(軍營)의 대장이나 절도사, 방어사, 통제사 등에 다음가는 장군의 직책.
- 이조 판서(吏曹判書) 조선 시대 중앙 부처의 하나인 이조의 최고 관리. 이조는 문관의 선임을 맡은 문선사(文選司), 공훈과 봉작을 맡은 고훈사(考勳司), 인사 평가를 맡은 고공사(考功司)의 삼사(三司)로 구성되었다.

이니 이제 바삐 내려가 성벽 보수를 시급히 마치도록 하라."

"소인이 재주가 부족하여 이 같은 중한 직책을 이루지 못할까 두렵습니다."

경업은 하직 인사를 올리고 천마산성에 도임했다. 경업이 성벽을 돌아보니 허물어진 곳이 많아 공사를 시작할 엄두를 내지 못했다. 그래서 조정에 보고해 건장한 군사들을 더 보내 달라고 요청했다. 임금이 서신을 보고 즉시 병조에 분부하여 경업의 요청대로 하도록 했다.

경업은 성벽 보수를 시작하면서 소를 잡고 술을 빚어 매일같이 군사와 백성 들을 먹였다.

도임(到任) 지방관이 그 근무지에 도착한다는 뜻.
병조(兵曹) 조선 시대 중앙 부처의 하나이며, 나라의 군사 업무를 총괄했다.

"내 조정의 명을 받들어 성벽 보수를 시작하니 너희는 힘을 다하여 부지런히 하라."

경업은 백성들에게 잔을 권했다. 또 백마를 잡아 피를 마셔 맹세하고 다시 잔을 권하며 말했다.

"내 너희의 힘을 빌려 나라에 은혜를 갚고자 한다."

성 쌓기는 고된 일이었다. 성 쌓는 일이 1년 가까이 계속되자 경업은 군사와 백성 들의 춥고 더운 것과 괴롭고 기쁜 사정을 살피며 극진히 염려했다. 이에 모든 군졸이 감격하여 자기 일처럼 열심을 다했다.

하루는 경업이 친히 돌을 지고 군사들 중에 섞여 일을 하고 있었다. 군사들이 쉬자 경업도 같이 쉬고 있는데, 한 군사가 말했다.

"우리 그만 쉬고 어서 가자. 장군님께서 아시면 어쩌려고."

경업이 이 말을 듣고 웃으며 말했다.

"임 장군도 쉬시는데 무슨 걱정을 해. 조금만 더 쉬었다 하세."

군사들이 경업의 목소리를 알아듣고 놀라 돌아보며 말했다.

"장군, 황송하옵니다. 자, 여보게들, 어서 바삐 일을 시작하세."

경업이 이 말을 듣고 말했다.

"어허, 자네들, 조금 더 쉬고 하자니까."

이 말을 들은 군사들은 일시에 일어나 다시 일을 시작했다.

이렇듯 경업이 군사들과 마음을 다하여 일을 하니 1년이 못 되어 성벽을 다 보수했는데, 한 곳도 허술한 곳이 없었다. 경업이 군사들에게 술과 음식을 내리고 상을 주며 말했다.

"너희가 힘을 다하여 나라의 일을 무사히 마치게 되었으니, 참으로 감격스럽구나."

그러자 군사들이 절을 올리고 말했다.

"소인들이 부모 같은 장군님 덕택으로 한 사람도 다치지 않았고, 또 이렇게 상을 후하게 주시니 어찌 은혜를 잊겠습니까?"

경업이 성벽 보수를 마치고 조정에 보고를 올렸더니, 임금이 서신을 보고 기특히 여기어 경업의 벼슬을 정3품으로 올리고 그 공을 매우 칭찬했다. 이때는 갑자년(1624) 8월이었다.

* **백마를~맹세하고** 조선 시대에는 신성한 맹세를 할 때 백마를 잡아 그 피를 마시는 의식을 치르는 관습이 있었다.

성곽, 역사와 사람을 지키다

성(城)은 외적의 침입이나 자연재해로부터 사람들의 생명과 재산을 보호하기 위해 만든 군사 시설입니다. 전 세계 대부분의 나라에서는 국경이나 주요 도시를 지키기 위해 오래전부터 성을 만들었지요. 이민족의 침략에 끊임없이 시달려 온 우리 민족에게도 성은 필수 시설이었을 것입니다.

자연 지형을 살려 성을 쌓다

성곽은 쌓은 위치에 따라 평지성(平地城)과 산성(山城)으로 구분합니다. 우리나라는 산지가 많아 특히 산성이 발달했으며, 네모 모양보다는 자연스러운 타원 모양이 많았습니다. 정해진 모양이 아니라 자연 지형을 살려 만들었기 때문에 구불구불한 원형을 이룬 것이지요. 성곽은 여러 개의 계곡을 둘러싸고 설치되기도 했고, 산등성이의 구불거리는 지형을 그대로 이용하기도 했습니다. 외적이 침입해 오면 장수는 군사와 백성 들을 이끌고 산성 안으로 들어갔습니다. 견고하게 쌓은 산성 안에 진을 치고 지키고 있으면 적들이 쉽게 공격하기 힘들었다고 합니다. 성을 무너뜨리려면 지키는 사람보다 세 배 많은 인원과 많은 무기가 필요했고, 시간도 많이 걸렸기 때문이지요.

평지성은 대개 앞에는 흐르는 물, 뒤에는 높은 산을 두어 자연 지형을 활용했습니다. 이런 방식은 사람의 힘을 적게 들여 성을 만들고, 적을 방어하기 쉽다는 장점이 있습니다.

성, 무엇을 지킬 것인가?

성곽은 쌓은 목적과 기능에 따라 왕궁과 종묘사직을 지키기 위한 도성(都城), 지방의 행정·경제·군사의 중심지인 읍성(邑城), 유사시에 대비하여 방어용, 도피용으로 쌓은 산성 등으로 구분합니다. 조선 시대에는 주요 도시와 군사 기지에 모두 성을 쌓았습니다. 평지성으로는 한양 도성, 수원성, 부산성, 전주성, 남원성, 고창읍성, 해미읍성 등이 있고, 산성으로는 한양 부근의 북한산성, 남한산성, 의주의 백마산성, 평양 부근의 자모산성 등이 있습니다.

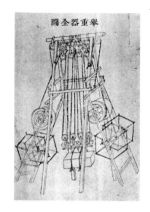

수원성을 쌓는 데 사용된
정약용의 거중기.

어떻게 성을 쌓았을까?

성 쌓는 일은 부역(賦役)의 하나였는데, 이 일에는 수천, 수만 명의 인력이 필요했습니다. 주로 군사와 평민, 특히 농민 들이 많이 동원되었기 때문에 농사일을 쉬는 겨울철에 많이 부역을 하도록 했지만, 그것이 늘 지켜지진 않았습니다. 성 쌓는 일은 고역이었습니다. 성을 쌓을 때 가장 많이 쓴 재료는 돌인데, 성벽을 쌓을 때는 먼저 큰 돌을 깨고 다듬어서 평평한 한쪽 면을 성벽의 바깥 부분으로 맞대어 쌓고, 그 안쪽에는 작은 돌, 부스러기 돌을 끼워 넣고, 거기에 다시 흙을 채우는 방식으로 마무리했습니다. 멀리서부터 무거운 돌들을 실어 오고, 돌을 사각형으로 다듬고, 성벽에 돌을 올리기까지는 어마어마한 노동력과 가축, 기계가 필요했습니다.

조선 태조 이성계는 1396년 봄, 가을 2회에 걸쳐 전국에서 19만 7천 4백여 명을 동원해 98일 만에 북악산·낙산·남산·인왕산을 따라 한양 도성 쌓기를 완료했습니다. 세종대왕은 1422년 32만 2천 명을 동원하여 흙으로 쌓았던 곳을 모두 돌로 다시 쌓는 등 38일 만에 대대적으로 도성 성곽을 고쳤습니다. 이렇게 성을 쌓는 과정에서 다치거나 죽는 사람도 숱하게 많았습니다. 중국의 만리장성은 진시황 때 성 쌓기를 시작해서 명나라 때까지 수십만 명의 노예와 전쟁 포로 들이 동원되어 평생 성을 쌓다가 죽어 갔다고 합니다.

중국의 만리장성.

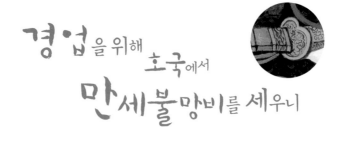

경업을 위해 호국에서
만세불망비를 세우니

조정에서는 해마다 중국 남경으로 동지사를 보내는데, 배로 몇 천 리나 되는 위험한 길이므로 임금이 누구를 상사로 뽑을지 근심했다. 고심 끝에 조신 이시백을 상사로 삼고, 무예가 뛰어난 자를 군관으로 뽑도록 했다. 그러자 이시백이 임금에게 임경업을 청했다. 경업이 전령을 듣고 즉시 한양으로 올라와 이시백에게 인사를 올리자, 시백이 반겨 맞으며 말했다.

"전하께서 나에게 상사를 맡기시고 군관을 뽑으라 하시기에 그대를 추천했는데, 그대의 생각은 어떠한가?"

경업이 말했다.

"대감, 소인처럼 재주 없는 자를 추천하여 주시니 감사할 뿐입니다."

얼마 뒤 사신 일행을 태운 배가 포구를 떠나니 배웅 나온 부모처자와 이별하는 슬픔에 눈물을 흘리지 않는 자가 없었다.

　배를 타고 출발하니, 얼마 뒤 무사히 남경에 도착했다. 이때가 갑자년(1624) 9월이었다. 한편 호국이 남경에 조공을 바쳐 왔는데, 가달국이 강성해지더니 호국을 침범하고 조공 길을 막았다. 이에 호국 왕(호왕)이 명나라 남경에 사신을 보내 구원병을 요청하니, 황제가 군대를 일으키고 호국에 보낼 장수를 뽑고자 했다. 이때 접반사 황자명이 임경업을 조선의 뛰어난 장수라고 황제에게 보고했다. 황제가 듣고 즉시 경업을 불러 말했다.

　"조정의 신하들이 경의 재주를 높이 사 경을 장수로 추천했소. 신하들의 의견을 받아들여 경을 구원군의 대원수로 호국에 보내려고 하는데, 이 전쟁에서 가달국을 치고 이름을 널리 빛내는 것이 어떻겠소?"

---

* **남경**(南京) 중국 강소성(江蘇省) 서남쪽에 있는 도시. 명나라 초기에 이곳을 수도로 삼았고, 1644년 명이 멸망한 뒤 남명(南明) 정부가 1662년까지 이곳을 임시 수도로 삼았다. 1620년대에 명나라의 수도는 북경인데, 이 소설에서는 어쩐 일인지 남경을 명나라의 수도로 삼았다.
* **동지사**(冬至使) 조선 시대 때 동지 절기에 명나라와 청나라에 보내던 사신.
* **상사**(上使) 사절단의 최고 책임자.
* **조신**(朝臣) 조정에서 벼슬살이를 하는 신하.
* **이시백**(李時白) 조선 후기의 문신(1581~1660). 인조반정과 이괄의 난 때 공을 세웠으며, 정묘호란과 병자호란 때에도 인조를 호위하며 큰 공을 세웠다. 일곱 번이나 판서를 지냈고 영의정에도 올랐으면서 강직한 성격을 지녔던 것으로 전해진다. 박씨 부인이 남편 이시백을 도와 호란을 극복한다는 내용의 소설 《박씨전》에도 등장하는 인물이다.
* **호국**(胡國) 누르하치가 1616년 세운 여진족의 나라 후금. 1636년에 '청'으로 이름을 바꿨다. 조선을 침략해 정묘호란, 병자호란을 일으켰고, 1644년 명나라를 멸망시켰다. 이 소설에서는 후금을 '오랑캐 나라'라는 의미의 '호국'으로 낮춰 불렀다.
* **가달국** 중국 변방의 부족 국가, 또는 그 우두머리를 가리키는 말. 작가가 꾸며 낸 허구의 나라다.
* **접반사**(接伴使) 외국 사신을 접대하던 벼슬아치.
* **대원수**(大元帥) 군대의 최고 사령관을 높여 이르는 말.

경업이 땅에 엎드려 말했다.

"황제 폐하, 소신이 본디 계략이 없는데, 이렇듯 무거운 임무를 어찌 감당하겠습니까? 하물며 저는 조선 사람으로, 이 땅에 잠시 나그네로 와 있을 뿐입니다. 군사들이 소신의 명령을 따르지 아니하면 큰 일을 그르칠 것이니, 황제의 명령을 욕되게 할까 두렵습니다."

황제가 경업의 말을 듣고 크게 기뻐하여 상방검을 내리며 말했다.

"그런 것은 걱정 말고 대원수를 맡아 주시오. 그리고 장수 중에 군법을 어기는 자가 있으면 이 칼로 먼저 죄인의 목을 베고, 뒤에 일의 사정을 갖추어 보고하시오."

황제는 경업을 대원수로 임명하고, 이시백에게 상을 내렸다. 이때 경업의 나이 25세였다.

경업은 훈련장에 나와 군사들을 지휘하고 진법을 연습시켰다. 경업이 융복을 갖추어 입고, 높은 장대에 올라앉아 손에 상방검을 들고 말했다.

"군법을 어기는 자는 모두 목을 벨 것이니, 후회할 일을 하지 말도록 하라."

장졸들은 경업의 명령을 엄숙하게 받아들였다.

이윽고 경업이 황제에게 하직 인사를 올리자 황제가 친히 경업에게 술을 따라 주며 위로했다. 경업이 물러 나와 이시백을 찾으니, 경업이 멀리 떠나는 것을 슬퍼했다. 이에 경업이 얼굴빛을 밝게 하고 하직 인사를 올렸다.

"대감, 화와 복은 운수에 달려 있고, 사람의 목숨은 하늘에 달려 있습니다. 조선과 중국이 다르오나, '온 천하에 황제의 땅이 아닌 곳이 없고, 온 천하의 백성이 황제의 신하 아닌 사람이 없다.'고 했으니, 어찌 죽기를 두려워하겠습니까?"

이시백은 경업을 걱정하면서도, 꼭 공을 세우고 돌아오라고 신신당부했다.

- **상방검(尙方劍)** 황제나 임금이 대신과 장수에게 전권을 맡기면서 내려 주는 지휘검.
- **진법(陣法)** 군사들을 편성하여 배치하는 방법.
- **융복(戎服)** 철릭과 붉은색의 갓으로 된 옛 군복. 철릭은 무관이 입던 제복의 하나로, 깃이 곧고 뻣뻣하며, 허리에 주름이 잡히고 큰 소매가 달렸다.
- **장대(將臺)** 장수가 올라서서 명령하던 높은 장소.
- **온 천하에~사람이 없다** 원문의 표현은 '보천지하(普天之下) 막비왕토(莫非王土)요, 솔토지민(率土之民)이 막비왕신(莫非王臣)이라.'로, 《맹자》의 〈만장〉 상편에 전한다.

군사가 출발하는 날 아침, 명나라 조정의 모든 벼슬아치가 성 밖에 나와 예를 갖춰 작별 인사를 했다. 경업은 이시백과 명나라 조정의 신하들을 뒤로하고 호국을 향해 3천 7백 리 길고 긴 행군을 시작했다.

　경업은 병사들을 이끌고 몇 개월 동안 행군을 계속했다. 드디어 군사들이 호국 땅에 가까이 이르자, 구원군이 온다는 소식을 듣고 호국 왕이 성 밖 10리까지 나와 맞이했다. 호국 왕은 경업을 만나자 친히 술잔을 들어 접대하고, 대사마 대장군 도원수로 벼슬을 높였다. 명나라와 호국 양국에서 대원수로 임명된 경업의 모습은 위엄이 가득했다. 병부를 단 인수를 두 줄로 차고, 가슴에는 황금 갑옷을 두르고, 머리에는 봉황으로 장식한 투구를 쓰고, 손에는 청룡검을 들고 천리마에 앉아 군사들을 지휘했다.

　경업이 대군을 이끌고 가달국 군대가 진을 친 곳에 도착해 적들을 보니, 철갑을 두른 병사들이 셀 수 없이 많고, 빛나는 깃발과 날선 창검이 햇빛을 가릴 만큼 형세가 대단했다. 다만 행렬이 엉클어져 어지러웠다. 이를 본 경업이 크게 기뻐하며 장수들을 불러 각각 적을 깰 계책을 일러 주며 군사들에게 길목을 지키게 했다. 경업이 진 앞에 나와 칼을 휘두르고 적을 꾸짖으며 약을 올리니, 가달 왕이 진문을 열고 나와 소리쳤다.

　"예전엔 네놈들이 도망치기 바쁘더니, 네놈은 누구길래 목숨 아까운 줄 모르고 감히 덤비느냐? 괜히 죄 없는 군사만 죽이지 말고 빨리 항복하여 목숨을 지키거라."

　경업이 이 말을 듣고 적장을 크게 꾸짖었다.

"나는 조선국 장수 임경업이다. 대국에 사신으로 왔다가 대원수가 되어 병사들을 이끌고 왔으니, 어서 나와서 승부를 겨루자."

이 말을 들은 가달 왕이 크게 화를 내며 말했다.

"가소롭구나. 너보다 열 배나 힘센 장수들도 다 죽고 항복했는데, 너 같은 어린아이가 두려운 줄도 모르고 감히 덤비는구나."

가달 왕이 명령을 내리자 장수들이 한꺼번에 경업에게 달려들었다. 경업이 가달의 장수들을 맞아 싸우는데, 몇 번 칼을 휘두르기도 전에 선봉장 둘의 머리가 땅에 툭 떨어졌다. 경업이 적진을 깨치고 들어가자 가달의 장수 죽채가 긴 창으로 경업의 가슴을 겨누고 말을 몰아왔다.

경업이 가달 군사들을 유인하여 산골짜기로 들어가니, 문득 대포소리가 울리며 사방에 매복했던 명과 호국 군사들이 합류해 일시에 가달 군을 공격했다. 죽채가 깜짝 놀라 군사들을 후퇴시키려고 했으나, 이미 군사들은 명과 호국 군사들의 칼날에 수없이 죽어 넘어져 시체가 산처럼 쌓였다. 죽채가 부하 장수들을 다 죽이고 황급히 포위망을 헤치며 도망가려 하니, 이를 본 경업이 죽채를 꾸짖었다.

"개 같은 도적은 도망치지 말라. 두 번 북 치기 전에 네 목을 베어올 것이다."

● **대사마 대장군 도원수**(大司馬大將軍 都元帥) 대사마 대장군은 국방부 장관과 같은 벼슬, 도원수는 군대의 총사령관. 즉 국방부 장관이자 군대의 총사령관의 임무를 같이 하는 벼슬이다.
● **인수**(印綬) 병조 판서나 장군 등이 군대를 움직일 수 있는 발병부(發兵符) 주머니를 차던 긴 끈.
● **진문**(陣門) 군사들이 진영(陣營)으로 드나드는 문.

경업이 말을 채찍질해 달리며 칼을 번쩍 휘두르니, 죽채의 머리가 말 아래로 떨어졌다. 이날 경업이 군사들을 지휘해 가달 군대를 공격하니 죽은 자가 헤아릴 수 없이 많았다. 경업은 부하 장졸들을 시켜 남은 군사를 사로잡고, 버려진 무기와 말 들을 거두어 돌아왔다.

가달 왕은 죽채가 죽은 것을 보고는 감히 싸울 마음이 없어 패잔병을 거느려 달아나기 시작했다. 경업이 대군을 몰아 추격하니 가달 군사들이 제대로 대항하지도 못하고 모두 사로잡히고 말았다. 경업이 돌아와 장대에 높이 앉아 군사들에게 외쳤다.

"가달 왕을 군영 밖으로 끌고 가서 목을 베라."

이 말을 들은 가달 왕이 깜짝 놀라더니 땅에 엎드려 울며 살려 달라고 빌었다.

"네 어찌 감히 군대를 일으켜 이웃 나라를 침범했느냐?"

"장군, 소장의 목숨을 살려 주시면 다시는 두 마음을 품지 아니하겠소."

그러자 경업이 군사에게 명령해 가달 왕을 묶은 줄을 풀어 주라고 했다.

"내 목숨을 아껴 용서하니 이후로는 딴마음을 먹지 말라."

가달 왕이 머리를 조아려 사죄하고 쥐 숨듯 본국으로 돌아가니, 호

• **두 번 북 치기 전에** 전쟁 중에는 북을 쳐서 진군 신호를 내는데, '두 번 북 치는 시간'은 10초도 안 걸리는 짧은 시간을 뜻한다.
• **만세불망비(萬世不忘碑)** 큰 은혜 입은 자의 공을 글로 새겨 영원히 잊지 않겠다는 내용을 나타낸 비석.

국 장졸이 임 장군의 관대한 덕을 칭송했다. 게다가 경업이 데려온 장수와 군사가 한 사람도 다친 자가 없었고, 호국에서 임 장군을 위해 무쇠로 만세불망비를 만들어 세우니, 이때부터 경업의 이름이 세상에 널리 알려지기 시작했다.

경업이 군대를 이끌고 남경으로 돌아갔더니, 호국 왕이 수십 리 밖까지 배웅을 나와 술잔을 들어 감사의 말을 전했다.

"용맹한 장군께서 가달을 쳐 항복받고 우리 나라를 지켜 주셨으니, 바다 같은 은혜를 어찌 갚을지 모르겠소."

호국 왕은 금과 은, 비단을 수십 수레에 가득 실어 와 주며 말했다.

"약소하지만 이것으로 나의 정을 전하니 장군은 물리치지 마시오."

경업은 선물을 사양하지 않고 받아서는 장졸들에게 모두 나눠 주며 말했다.

"내 너희의 힘을 입어 큰 공을 세워 이름이 두 나라에 빛나게 되었는데, 너희는 공이 없어 미안했다. 대신 이 물건들로 내 마음을 전한다."

이에 장졸들이 수없이 감사의 말을 전했다.

"저희가 군명을 받들어 타국에 들어와 이 땅의 귀신이 되지 않은 것은 오직 장군의 용맹함 덕분인데, 도리어 상을 주시니 감격스럽습니다."

이때 명 황제가 경업을 호국에 보내고 밤낮으로 염려하며 소식을 기다리고 있더니, 경업의 승전 소식을 받고는 크게 기뻐하며 말했다.

"조선에 이런 명장이 있을 줄을 어찌 알았겠는가?"

경업이 돌아와 황제에게 인사드리니, 황제가 잔치를 열어 상빈례로 대접했다.

"경을 멀리 호국으로 원정 보내 놓고 염려가 컸는데, 이제 승전보를 갖고 돌아오니 이 기쁨을 어찌 말로 다할 수 있겠는가?"

경업이 황제의 은혜에 깊이 감사하고, 궁궐을 물러 나와 상사 이시백을 찾으니 상사가 경업의 손을 잡고 말했다.

"임 장군, 그대와 함께 중국에 들어와 쉽게 일을 마치고 돌아가기를 바랐는데, 천만뜻밖에 황제의 명령으로 타국 전쟁터에 보내고 앞일이 어떻게 될지 몰라 염려가 이만저만이 아니었소. 이제 하늘이 도우사

● 상빈례(上賓禮) 귀한 손님을 맞이하는 예의.

만 리 밖에서 성공하여 명, 조선, 호국, 삼국에 장군의 이름을 모르는 자가 없으니, 이 얼마나 기쁘고 다행한 일인가?"

세월이 물과 같이 흘러 기사년(1629) 4월이 되니, 이시백과 임경업이 중국에 들어온 지 이미 6년이 흘렀다. 이시백이 조선으로 돌아갈 뜻을 아뢰니, 황제가 두 사람을 불러 말했다.

"경들이 우리 나라에 들어와 큰 공을 세워 아름다운 이름을 널리 알리니 참으로 기특한 일이오."

황제는 옥 술잔에 친히 술을 따라 건네며 말했다.

"이 술은, 첫째는 감사의 술이요, 둘째는 떠나보냄을 아쉬워하는 술이오. 그대와 나는 나라가 다르지만 뜻은 한가지니, 어찌 서운하지 않겠소."

경업이 황송하고 감격스러워 잔을 받들고 엎드려 말했다.

"소신이 미천한 재질로 중국에 들어와 외람되이 벼슬을 받아, 또 이렇듯 성은을 입사오니 두렵고 감격하여 어찌 아뢸지 모르겠습니다."

이에 황제가 경업의 충성스럽고 의로운 마음을 더욱 기특하게 여겼다. 두 사람이 황제에게 하직하고 물러 나와 황자명을 찾아 곧 떠나게 됨을 알리니, 자명이 술과 음식을 정성스럽게 준비해 대접했다. 자명은 경업의 손을 잡고 애틋한 마음을 말로 다 표현하지 못한 채, 뒷날 다시 만나기를 기약했다.

경업,
호국군에 맞서
의주를 지키다

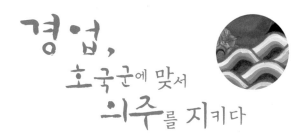

이시백이 명을 떠나 조선으로 향하면서 먼저 장계를 올려, 경업이 명나라 대장군이 되어 호국을 도와 가달을 쳐 승전한 일을 보고했다. 임금이 장계를 보고, "이는 천고에 드문 일이라." 하고 아주 기특히 여겼다. 이시백 일행이 경성에 도착하자 조정의 모든 관리가 나와 맞이하고, 장안의 백성들도 경업의 일을 서로 전하며 칭찬했다.

이시백이 궁궐에 들어가 임금을 알현하니, 임금이 반겨 말했다.

"만 리 먼 길을 무사히 돌아오니 다행하기 그지없고, 경으로 인하여 임경업을 타국 전장에 보내어 승전하니 조선의 이름이 빛나게 되었도다."

• **장계**(狀啓) 왕명을 받고 지방에 나가 있는 신하가 관할 지역의 중요한 일을 왕에게 보고하던 일. 또는 그런 문서.

임금은 경업의 벼슬을 높이 돋우도록 했다. 이때는 신미년(1631) 춘삼월이었다. 영의정 김자점이 흉계를 감추고 반역할 뜻을 품었지만, 경업의 지략과 용맹함을 두려워하여 감히 행동으로 옮기지는 못했다. 이때 호국 왕이 가달을 쳐 항복받고 3만 명의 군사를 이끌고 압록강에 와서 조선의 형세를 염탐했다는 소식이 들려왔다. 이를 알게 된 의주 부윤이 깜짝 놀라 조정에 보고하니, 임금이 놀라 모든 문무 관리들을 모아 놓고 말했다.

"호병(호국군)이 우리나라를 엿본다 하니 장차 어찌하면 좋겠는가?"

"임경업이 호국에 이름을 떨쳤사오니, 이 사람을 보내어 도적을 막음이 좋지 않겠습니까."

이렇듯 신하들이 입을 모아 경업을 추천하자 임금이 허락하고 즉시 경업을 의주 부윤 겸 방어사로 임명하고, 김자점을 도원수로 임명하니, 경업이 임금에게 절을 올리고 의주로 내려가 도임했다. 경업이 의주 부윤으로 도임한 소식을 호국 장졸들이 듣고 놀라지 않은 자가 없었으니, 이는 경업이 가달을 쳐 항복받은 일이 삼국에 진동하고, 용맹이 출중한 까닭이었다. 호국의 장수와 군졸 들은 두렵고 떨리는 마음에 앞다퉈 달아났다.

경업은 도임한 뒤로 군대의 형편을 살피고 병사들을 훈련시켰는데, 달아난 호국 장수들이 다시 돌아와 염탐했다. 이것을 안 경업은 크게 노하여 군대를 내어 "되놈들을 잡아들이라!" 외치니, 군사들이 호국 군대의 진을 무너뜨리고 남은 호병들을 잡아 왔다. 경업이 호병들을 크게 꾸짖으며 말했다.

"내 몇 년 전 가달 왕에게 항복받고 너희 나라를 지켜 주었을 때, 너희는 은덕을 잊지 않겠다며 만세불망비도 세우지 않았더냐? 그걸 벌써 잊고 도리어 천조를 배반하고 우리나라를 침범코자 하니, 너희 같은 무리는 마땅히 죽여 분을 씻을 것이로다. 다만 너희를 불쌍히 여겨 용서하여 돌려보내니, 빨리 돌아가 너희 땅을 지키고 다시 분수에 넘치는 짓은 생각도 하지 말라. 만일 다시 두 마음을 먹으면 그때는 한 놈도 남기지 않고 다 죽여 없앨 것이다."

경업이 포로들을 끌어 내치니, 호병들이 쥐 숨듯 자기 진영으로 돌아가 대장과 군졸들에게 일의 전말을 보고했다. 이를 들은 호국 장수들이 크게 분개했다.

"임경업이 교묘한 말로 우리 호국을 욕되게 하고 병사들의 마음을 흔드는구나. 내 맹세코 경업을 죽여 오늘의 수치를 씻으리라."

호국 장수는 곧바로 정예 병사 7천 명을 뽑아 조선으로 향했다. 군사들이 압록강에 이르러 강을 사이에 두고 진을 치더니, 호국 장수가 강 건너 조선 군사들을 향해 외쳤다.

"조선국 의주 부윤 임경업은 들으라. 너는 한갓 어린아이로서 어찌

• **김자점**(金自點) 조선 중기의 문신(1588~1651). 인조반정 때 공을 세워 벼슬이 영의정에 이르렀다. 효종이 즉위한 뒤 파직당하자, 이에 앙심을 품고 조선의 북벌 계획을 청나라에 밀고해 역모죄로 처형됐다.
• **부윤**(府尹) 종2품 문관 외관직.
• **방어사**(防禦使) 조선 시대에, 경기도, 강원도, 함경도, 평안도 등의 요충지를 방어하기 위하여 두었던 종2품 무관 벼슬.
• **되놈** 예전에, 만주 지방에 살던 여진족을 낮잡아 이르던 말.
• **천조**(天朝) 명나라를 높여 부르는 말.

간사한 말로 병사들의 마음을 요동케 하느냐? 네가 재주가 있거든 나의 철퇴를 막아 보아라. 죽기가 두렵거든 항복하여 목숨을 아끼거라."

이 말을 경업이 듣고 크게 분노해 급히 배를 띄워 물을 건넜다. 경업이 말에 올라 청룡검을 비껴들고 호국 진영에 달려들어 거칠 것 없이 좌우로 칼을 휘두르니, 적병들의 머리가 가을바람에 낙엽 날리듯 떨어졌다. 호국 군사들이 감히 맞서지 못해 급히 달아나니, 이때 서로 짓밟으며 물에 빠져 죽는 자를 헤아릴 수 없었다.

경업이 홀로 출전하여 적진을 쑥대밭으로 만든 뒤 돌아와 승전고를 울리니 군사들의 사기가 하늘을 찌를 듯 올랐다. 의주 군졸들이 장군의 용맹을 감탄해 서로 즐거워하며 노래를 불렀다. 다음 날 새벽이 되자 압록강 가에는 적군의 시체가 흘러 산같이 쌓였고, 피는 흘러 내를 이루었다.

적병이 돌아가 호국 왕에게 패한 까닭을 보고하니, 왕이 몹시 분개해 다시 군대를 일으켜 원수 갚을 일을 의논했다. 경업이 의주 감영으로 돌아와 승전한 일을 조정에 보고하니, 임금이 보고 크게 기뻐했다. 경업은 머지않아 호국이 다시 침범하지 않을까 근심했는데, 조정의 신하들은 전혀 그런 염려를 하지 않았다.

이때 호국 장수는 경업에게 패한 뒤로 분한 기분을 참지 못하더니, 다시 장수들을 모아 조선을 침공할 준비를 했다.

"여기서 의주까지 가려면 며칠이나 걸리는가?"

장수의 말에 좌우에서 말했다.

"열하루 길입니다. 다만 국경의 한쪽은 갈대 수풀이요, 다른 한쪽은 압록강이 가로막고 있으니, 강을 건너 기마군으로 승부하고자 하면 수만 군졸이 진을 칠 곳이 없고, 또 자칫 군사가 패하면 물러날 곳이 없습니다. 기이한 계교를 내어 경업을 먼저 깬 뒤에야 군사를 내는 게 좋을까 하나이다."

장수들의 의논을 들은 호국 왕이 이를 옳게 여겨 용골대 장군을 선봉장으로 삼고 지시했다.

"너는 수만 명 군사를 거느려 배를 띄워라. 가만히 황해를 건너 조선을 치면 미처 군대를 움직이지 못할 것이다. 이 일은 의주에서도 알지 못할 것이니, 그 사이에 한양을 급습하면 항복받기가 손바닥 뒤집는 것보다 쉬울 것이다. 하물며 이 일을 성공하면 당연히 경업도 사로잡지 않겠느냐?"

용골대가 명령을 받고 군마를 뽑아 훈련을 시작했다. 이윽고 출전을 앞두고 호왕에게 하직 인사를 하니 호왕이 말했다.

"그대가 이번에 가면 반드시 조선 왕에게 항복을 받아 나의 위엄을 빛내고 큰 공을 세우고 돌아오도록 하라."

용골대가 호왕의 명을 받고 드디어 배를 띄워 출발했다.

* **감영(監營)** 조선 시대에, 각 지방에 파견된 감사나 벼슬아치가 직무를 보던 관청.
* **기마군(騎馬軍)** 말을 타고 싸우는 군사들.
* **용골대(龍骨大)** 청나라의 장군. 병자호란 때 청나라 태종의 지휘 아래 청이 조선을 침략했을 때 마부대(馬夫大)와 함께 선봉장에 섰다.

조선국의 장수로서 두 나라에 이름을 빛내다

임경업(林慶業, 1594~1646)은 충청도 충주 출신으로, 25세에 무과에 합격해 벼슬을
시작했습니다. 이괄의 난을 진압하면서 무관으로 두각을 나타냈고, 청북방어사에
임명된 뒤에는 백마산성과 의주성을 고쳐 쌓아 방비를 튼튼히 했습니다. 조선에서뿐만
아니라 명과 청에서도 명장으로 명성이 높았던 임경업 장군의 실제 삶은 《임경업전》에
나오는 경업의 삶과 어떤 차이가 있었을까요?

동지사를 따라 남경으로 가다, 《임경업전》

남경은 중국 강소성의 한 도시로, 전국 시대 초나라가 이곳에서
건국한 이래 동진, 송나라, 양나라 등의 수도였던 곳입니다. 남경
은 또 1368년 주원장이 명나라를 건국했을 때 수도가 되었습니
다. 고려 말 조선 초에 사신들이 이곳에 가려면 배를 타고
발해만을 건너 산동성 등주에 이른 후 육로를 통해 남경까지
갔습니다. 주원장이 죽은 뒤 명나라의 수도는 북경으로 바뀌
었지만, 1644년 청나라가 북경을 함락하고 명을 멸망시키자
명 황실은 다시 남경에 남명 정부를 세우고 청과 싸웠습니
다. 조선에서 남경까지는 몇 천 리가 넘는, 아주 긴 거리였
습니다. 《임경업전》에서 1624년 임경업이 남경으로 갔다는
것은 허구지만, 임경업이 명나라를 도와 청나라와 맞서 힘껏
싸웠다는 점을 보여 주기 위해 이렇게 설정한 것입니다.

성을 정비해 외적의 침입에 대비하다, 의주 백마산성

의주 백마산성.

《임경업전》에서 천마산성이라고 나오는 성은 실은 백마산성입니다. 백마산성은 평안북도 의주시 백마산에 있는 산성으로, 압록강을 사이에 두고 중국과 국경을 마주하고 있습니다. 이 산성은 압록강에서 평양으로 내려가는 길목에 자리잡고 있어 예로부터 북쪽의 외적들이 한반도를 침입할 때면 먼저 이 성을 함락하고 남쪽으로 내려갔습니다. 이 산성은 사방을 한눈에 굽어볼 수 있는 곳에 위치해 적의 동정을 살피거나 퇴로를 차단하는 데 안성맞춤이었습니다. 병자호란 때 임경업 장군은 백마산성을 지키고 있었으나, 청군이 의주성을 피해 곧장 한양으로 향하는 바람에 적과 싸우지는 못했습니다.

《임충민공실기》, 육군사관학교 육군박물관 소장.

전투에 나감으로써 싸움을 피하다, 금주 전투

병자호란에서 승리한 청은 명의 근거지인 금주위를 공격하기 위해 조선 조정에 군사 파병과 군량미 원조를 강력하게 요구했습니다. 명을 섬기던 조선으로서는 얄궂은 운명이었지요. 조정에서는 청의 요청에 따라 임경업을 총대장으로, 황해병사 이완을 부장으로 삼아 군사를 준비시켰습니다. 이듬해 임경업은 대규모 병력을 이끌고 금주위로 향했습니다. 하지만 임경업은 재상 최명길과 밀의해 승려 독보를 보내 이 사실을 등주성을 지키는 명나라 장군 홍승주에게 알려 싸움을 피하자고 했습니다. 실제로 임경업의 함대는 청나라 장군의 지휘에 따라 움직이기는 했지만, 명나라 배를 만나서도 싸우지 않았습니다. 나중에 이 사실이 알려져 임경업은 청에 압송되었지요.

조선, 병자호란을 당하다

경업은 호병을 물리친 뒤에 병사들을 조련하고 무기를 점검하며 성을 쌓아 뒷일을 방비했다. 하지만 조정에서는 호병을 물리친 뒤에 의기양양해 태평가를 부르며 적의 침략에 전혀 대비를 하지 않더니, 국운이 불행해 천만뜻밖에 호국의 침략을 당하고 말았다. 갑옷 입은 오랑캐들이 갑자기 동대문으로 물밀듯이 쳐들어와 백성을 살해하고 성안을 노략질했다. 삽시간에 한양성은 백성들의 통곡 소리로 진동했고, 부모와 자식, 형제, 부부와 노인과 아이가 뿔뿔이 흩어져 도망치는 모습은 참혹하기 그지없었다.

이때 조정에는 호국군을 막을 사람이 없어 나라의 운명이 매우 위태로웠다. 임금은 어찌할 바를 몰라 마침내 가까운 신하 몇 사람만을 데리고 남한산성으로 피난했다. 임금이 가마를 타고 강변에 도착해 배를 타는데, 뱃전을 잡고 통곡하다가 물에 빠져 죽는 백성이 셀 수 없이 많았다.

왕대비와 세자, 대군은 강화도로 가고, 백성들은 호국군에게 죽거나 부상을 입고, 또 포로로 끌려갔다. 도원수 김자점은 이런 어지러운 때를 당해 하나의 계책도 내지 못하니 이런 한심한 일이 또 있을까.

용골대는 백성의 집을 헐어 얻은 나무 기둥들로 뗏목을 엮어 강화도로 침입했는데, 강화 유수 김경징은 술만 마시고 누워 있다가 갑자기 들이닥친 호국군에 꼼짝없이 당했다. 왕대비와 세자, 대군을 포로로 잡은 용골대는 송파 들판에 진을 치고 큰 소리로, "어서 빨리 항복하지 아니하면 왕대비와 세자, 대군을 가만 두지 않겠다."라며 으름장을 부렸다.

이때 임금은 모든 대신과 병사를 거느리고 남한산성에서 외로이 성을 지키면서 눈물만 비 오듯 흘릴 뿐이었다. 도원수 김자점은 달리 방법도 없이 성문 밖에 진을 치고 방어만 하고 있었는데, 호병들의 북소리에 놀라 진이 무너지며 군사들이 무수히 죽었다. 어쩔 수 없이 소수의 군사만 산성 밖에 남기고 산성 안으로 들어와 지켰지만, 군량미도 바닥나서 어찌할 방법이 없었다. 이때 호국 왕이 큰 소리로 외쳤다.

● 유수(留守) 조선 시대에, 수도 이외의 중요한 곳을 맡아 다스리던 정2품 외관직. 개성, 강화, 광주, 수원, 춘천 등지에 두었다.
● 김경징(金慶徵) 조선 후기 무신(1589~1637). 병자호란이 발발하자, 강화도를 수비하는 총대장인 강도검찰사가 되어 강화도를 수비하는 임무를 맡았다. 김경징은 물이 얼어 있기에 청군이 강화도로 들어오지 못할 것으로 확신했으나, 청군은 1만 6천 명의 병력으로 강화도를 공격했다. 김경징은 놀라 도주했고, 뒤에 수비 실책의 책임으로 사약을 받았다.

"너희가 끝내 항복하지 아니하면 우리는 여기서 겨울을 나고 여름 보리를 지어 먹고 있을 테다. 너희는 무엇을 먹고 살려 하느냐? 어서 빨리 나와 항복하여라."

호국 왕이 산봉우리에 올라 산성을 굽어보며 외치는 소리가 산을 울리니, 임금이 듣고는 하늘을 보고 통곡하며 말했다.

"안에는 훌륭한 장수가 없고 밖에는 강적이 있으니 외로운 산성을 어찌 보전하며, 또한 양식이 다 떨어졌으니 이는 하늘이 나를 망하게 하려 하심이라."

임금이 대신들과 항복할 것을 의논하니, 한 신하가 말했다.

"대왕마마! 왕대비와 세자, 대군이 다 적진에 계시니 나라에 이런 망극한 일이 어디 있겠습니까? 빨리 항복하시어 왕대비와 세자, 대군을 구하시며, 사직을 보전하심이 마땅할까 하나이다."

이 말을 듣고 한 신하가 앞에 나와 말했다.

"옛말에 일렀으되, '차라리 닭의 머리가 될지언정 쇠꼬리는 될 수 없다.' 했사오니, 어찌 오랑캐에게 무릎을 꿇어 욕을 당하리이까? 죽기를 무릅쓰고 성을 지키면 임경업이 소식을 듣고 마땅히 올라와 오랑캐를 물리치고 적장의 항복을 받을 것이옵니다. 그러면 대왕마마께서는 자연히 욕을 면할 것입니다."

"경들은 답답한 소리를 하지 말라. 길이 막혀 사람을 보낼 수 없으니 경업이 어찌 이 사정을 알겠는가? 지금 사정이 이렇듯 급한데, 아무리 생각해도 항복하는 수밖에 다른 묘책이 없으니 경들은 입을 다물라."

임금이 이 말을 하고 하늘을 우러러 통곡하니 산천초목이 다 슬퍼하는 듯했다.

마침내 병자년(1636) 12월 20일에 임금이 항복 문서를 지어 보내니 그 참혹한 심정을 어찌 다 말로 할 수 있을까. 용골대는 송파강 벌판에서 임금의 항복을 받고, 승전비를 세워 뽐을 냈다. 용골대는 포로로 잡은 왕대비와 중궁은 돌려보냈으나, 세자와 대군은 잡아 북경으로 끌고 가고자 했다. 임금은 궁으로 돌아와 각 도에 서신을 내려 호국과 강화한 뜻을 알렸다.

이때 임경업은 의주에 있어 이런 변란을 전혀 모르고 있었는데, 천만뜻밖에 조정의 서신을 받아 보고서야 용골대가 황해를 건너 함경도로 들어오면서 봉화대의 군사를 죽여 연락을 막고 한양을 급습한 것을 알았다. 경업은 통곡했다.

"내 충성을 다하여 나라에 은혜를 갚고자 했는데, 어찌 이런 참담한 일이 생겼는가?"

경업은 슬픔을 이기지 못하면서도, 이윽고 군대를 정비해 호병이 오기를 기다렸다.

• **송파강**(松坡江) 한강 중류 유역의 잠실동 부근에 있던 한강의 본류다. 1971년까지 있었으나, 지금은 매립되어 사라지고 그 자리에 석촌 호수가 들어서 있다.
• **왕대비**(王大妃) 임금의 어머니, 또는 생존해 있는 선왕의 비.
• **중궁**(中宮) 왕비를 높여 부르는 말. 중전(中殿)이라고도 한다.
• **세자**(世子)**와 대군**(大君) 인조의 아들인 소현 세자와 봉림 대군.
• **강화**(講和) 전쟁을 끝내고 평화 협정을 맺는 것.
• **봉화대**(烽火臺) 봉화를 올릴 수 있도록 일정한 설비를 갖추어 놓은 곳. 예전에 나라의 큰 난리가 나면 봉화대에서 불이나 연기를 피워 신호를 전했다.

　용골대가 조선 국왕의 항서를 받고 세자와 대군을 볼모로 잡아 북경으로 떠나려고 했다. 이에 앞서 세자와 대군이 내전에 들어가 하직 인사를 올리니, 왕대비와 중전이 목 놓아 통곡을 하며 말했다.

　"너희를 하루만 못 보아도 몇 개월이 지난 듯 길더니, 이제 만리타국에 보내고 그리워 어찌 살며, 어느 날 돌아와서 할머니, 어미, 자식이 함께 기뻐할 수 있겠느냐?"

　왕대비와 중전이 통곡하니 좌우의 시녀가 또한 일시에 슬피 울었다. 이에 대군이 말했다.

　"밝은 하늘이 무심치 아니하시니 무사히 돌아와 부모님을 뵐 것입니다. 바라옵건대 어마마마께서는 만수무강하시고, 저희 걱정은 조금도 마옵소서."

　중전이 세자와 대군의 손을 잡고 눈물을 흘리며 슬퍼하니 왕자들이 차마 떠나지 못했다. 임금이 세자와 대군을 나오라 하여 용루를 흘리며 말했다.

　"나의 덕 없음을 하늘이 미워하여 이 지경을 당했으니 누구를 원망하겠느냐? 너희는 만리타국에서 몸을 잘 보호하여 무사히 돌아오라."

　임금이 차마 손을 놓지 못하니 대군이 눈물을 흘리며 말했다.

　"아바마마, 너무 슬퍼 마소서. 저희가 무죄하니 설마 저희를 어찌하겠습니까? 아바마마께서는 만수무강하옵소서."

● **용루(龍淚)** 임금이 흘리는 눈물을 높여 부르던 말.

그러나 임금이 슬픔을 그치지 못하고 학사 이영을 불러 말했다.

"경의 충성스러움을 내가 아니, 경은 세자와 대군을 잘 모시고 다녀오라."

임금께 하직하고 나오는 세자, 대군의 마음은 참혹하기 그지없었다. 한 걸음 걸을 때마다 세 번이나 넘어지며, 눈물은 피가 되어 나오니 차

마 볼 수 없었다. 대궐 문을 나서는 세자와 대군 뒤로 장안 백성들이 울며 따르니, 길이 막히고 통곡 소리가 처량하여 해도 빛을 잃고 슬픔을 돕는 듯했다.

용골대가 세자와 대군을 앞세우고 모화관, 홍제원을 지나 고양, 파주를 거쳐 임진강을 건너니 강물도 흐느끼는 듯했다. 개성부 청석골에 이르니 산세가 험준하고, 봉산 동선령에 다다르니 숲이 빽빽한데 고개 위에 동선관을 지어 관문을 삼았고, 황주 월파루를 지나 평양에 이르니 이곳은 '해동(海東)에 제일강산(第一江山)'이라는 곳이었다. 멀리 보니 큰 종이에 대동강이 한 줄 띠를 두른 듯 흘러가고, 20리 긴 숲에는 봄빛이 아름다웠다. 대동강 옆 부벽루와 연광정은 슬픔이 느껴지고, 타국으로 향하는 세자와 대군의 마음 또한 슬프기 그지없었다. 이때는 정축년(1637) 3월이었다.

용골대 일행이 한양에서부터 개성, 평양을 지나 의주 근처에 이르렀다. 이때 경업이 밤이면 잠을 이루지 못하고 낮이면 높은 데 올라 호병이 오기만 기다리는데, 문득 바라보니 호병이 승전고를 울리며 세자와 대군을 앞세우고 의기양양하게 의주를 향해 오고 있었다. 경업이

● **학사(學士)** 조선 시대의 종2품 벼슬.

● **모화관(慕華館)** 조선 시대에, 중국 사신을 영접하던 곳. 현재 서울시 독립문 자리 근처에 있다.

● **홍제원(弘濟院)** 조선 시대에, 중국으로 향한 의주로에 위치해 공무 여행자들에게 편의를 제공하던 국영 여관.

● **동선령(洞仙嶺)** 황해도 봉산에 있는 고개 이름.

● **황주(黃州)** 황해도 황주군 가운데에 있는 읍.

● **부벽루(浮碧樓)와 연광정(練光亭)** 평양의 대동강 가에 있는 누각.

소리 높여 외쳤다.

"도적을 한 놈도 돌려보내지 말고 무찌르라!"

경업이 갑옷을 입고 말에 올라 큰 칼을 들고 나가며 중문에 분부해 군사를 거느려, "뒤를 따르라." 외치며 달려 나갔다. 한 호장이 앞으로 달려 나오자 경업은 분노한 기세로 달려 나가 한칼에 머리를 베었다. 곧이어 진중으로 치고 들어가 좌우로 부딪치며 호병 베기를 나뭇잎 날리듯 하니 호병들이 깜짝 놀라 뿔뿔이 흩어져 달아나고, 남은 군사는 칼에 맞아 죽는 자가 무수했다. 호장이 넋을 잃고 십 리를 물러나 진을 치고 패잔병을 모아 의논했다.

"경업이 저토록 용맹하니 어찌하면 좋단 말이냐?"

"장군, 경업은 충신이오니 이제 조선 왕의 항서와 명령서를 내어 보이면 반드시 귀순할 것입니다."

용골대가 진문에 나아와 외쳤다.

"임 장군은 나아와 조선 왕의 명령서를 받아 보라."

경업은 이 말에 의심스러워하면서 호통을 쳤다.

"네가 감히 나를 속이려 하느냐?"

용골대가 군사를 시켜 조선 왕의 명령서를 전하니, 경업이 이를 받아 보고 하늘을 우러러 탄식했다. 용골대가 이를 보고 말했다.

"너희 국왕이 항복하고 세자와 대군을 볼모로 잡아가는데, 네가 어찌 감히 왕명을 거역하여 반역을 하려고 하느냐?"

경업은 임금의 명령서를 보았기 때문에 어쩔 수 없이 칼을 거두었다. 그리고 호국 진영에 들어가 세자와 대군을 만나 통곡하니, 세자와

대군이 오히려 경업의 손을 잡고 눈물을 흘리며 말했다.

"장군, 국운이 불행하여 이 지경에 이르렀으니, 바라건대 장군은 충성을 다해 우리를 구하여 다시 부왕을 뵙도록 해 주오."

"신이 이 기미를 알았더라면 이 몸이 전쟁터에서 죽음을 당한들 어찌 이러한 참혹한 일을 당했겠습니까? 전하께서는 슬픔을 참으시고 잘 도착하옵소서. 신의 몸은 만 번 죽어도 아깝지 않으니, 뒤에 신이 몸을 바쳐 호국을 멸하고 반드시 모셔 오겠습니다."

"우리 목숨이 장군에게 달려 있으니, 장군은 병자년 원수를 갚고 오늘 약속을 잊지 말라."

"신이 비록 재주는 없사오나 반드시 명대로 하겠습니다."

경업이 세자, 대군과 이렇듯 말을 주고받은 뒤 하직하고, 분한 기운을 이기지 못해 용골대에게 말했다.

"용골대, 오늘은 내가 감히 임금의 명령을 어기지 못하여 너를 살려 보내지만, 세자, 대군을 쉽게 돌아오시게 하라. 만일 두 분께 무슨 일이 있으면 너 또한 살지 못할 것이다."

용골대가 본국에 들어가 조선에 항복받은 일과 세자, 대군을 볼모로 삼은 일, 의주에 와서 임경업에게 패한 일을 보고하니, 호왕이 한탄하며 말했다.

"그놈이 어찌하여 우리 군사를 살해하도록 두었는가?"

호왕은 경업을 죽일 마음을 품었다.

경업, 호국으로 들어가다

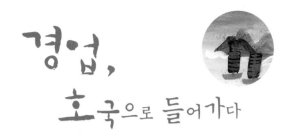

호왕이 어느덧 여러 나라에게 항복을 받고 마침내 남경을 쳐 중국을 통일하고자 했다. 이에 먼저 피섬을 공격하면서 경업을 죽이고자 하여 사신을 통해 조선에 군사를 보내라는 편지를 보냈다.

조선 왕은 들으라. 이제 먼저 피섬을 치고 명을 칠 것이니, 조선에서 군사를 파송하도록 하라. 전에 임경업의 용맹을 보았으니 경업을 대장으로 삼고, 정예 군사 삼천과 철기군을 뽑아 보내도록 하라.

- 피섬 평안북도 철산군에 딸린 섬. 가도(椵島), 피도(彼島)라고도 한다.
- 철기군(鐵騎軍) 철갑으로 무장하고 말을 탄 군사.

59

임금이 이 편지글을 보고 탄식하며 말했다.

"전쟁을 치른 지 얼마 지나지 않았거늘, 이렇듯 재촉하니 백성들이 어찌 평안히 살 수 있단 말인가?"

임금이 군사 보내는 일을 조정 신하들과 의논하니, 김자점이 나서서 말했다.

"폐하, 이미 일이 어쩔 수 없사오니, 저들의 말대로 하지 않을 수 없습니다."

신하들의 의견도 대체로 이와 같으니, 임금도 어쩔 수 없어 정예 군사 3천 명과 철기군을 뽑고, 의주 부윤 임경업을 대장으로 삼아 호국으로 가도록 명령했다. 임금은 경업을 부른 자리에서 은밀하게 말했다.

"그대는 북경으로 들어가 일의 형세를 살피고, 세자

와 대군 구하는 일을 최우선으로 하도록 하라."

경업이 임금의 명을 받고 북경으로 출발했다. 경업이 떠난 뒤로 김자점은 더욱 방자해져 거리낌 없이 나랏일을 주무르니, 조정의 신하들은 더욱 한탄했다.

경업이 분함을 참고 군마를 거느려 호진에 이르니, 호왕이 말했다.

"장군과 함께 피섬을 치고, 그 뒤에 남경을 치고자 하여 특별히 군사를 청했으니, 장군은 사양치 말고 진심을 다해 공을 세워 주시오."

경업은 탄식하면서도 어쩔 수 없어 군대를 출발시켰다. 이때 피섬을 지키는 장수는 황자명이었는데, 경업이 이전 일을 생각하니 어찌할 줄 몰랐다. 경업은 몇 번이고 고심한 끝에 한 계교를 얻고는 즉시 편지를 써서 피섬에 전했는데, 그 내용은 이러했다.

조선국 임경업은 글월을 닦아 황 장군 휘하에 편지를 올립니다. 이별 뒤 소식을 전혀 알지 못하여 안부가 몹시 궁금했습니다. 조선은 국운이 불행하여 천만뜻밖에 호란을 당하여 치욕스럽게 항복했고, 소장은 후일을 기다리고 있습니다. 이제 호왕이 피섬을 치고 상국을 침범코자 하여 소장을 우리 국왕께 청했기 때문에 마지못해 이곳에 왔습니다. 이제 일의 형편이 난처하여 먼저 편지를 드리니, 바라옵건대 장군께서는 소장이 공격하면 거짓 항복하여 서로 싸움을 피하고, 훗날 소장과 합력하여 호국을 쳐 멸하여 원수를 갚고자 합니다. 장군께서는 이러한 사정을 헤아려 주십시오.

● 소장(小將) 임경업이 자신을 낮춰 부른 표현.
● 상국(上國) 명나라를 높여 부르는 말.

황자명이 경업의 편지를 보고, 한편으로는 기쁘고 한편으로는 놀라 즉시 답서를 써 보냈다. 답서의 내용은 이러했다.

임 장군, 천만뜻밖에 그대의 친필을 보니 무척 기쁘오. 그대의 말대로 하겠소. 다만 어느 때 만나 대사를 의논할지 알 수 없구려. 장군은 신중히 준비하여 성공하기를 바라오.

경업이 황자명의 답서를 보고 길게 탄식했다.

다음 날 경업은 행군하여 나아가 징과 북을 울리고 진을 굳게 치며 말에 올라 왼손에는 청룡검을 잡고, 오른손에는 죽절강철을 잡아 내달리며 크게 소리쳤다.

"너희는 조선국 대장군 임경업을 모르느냐? 너희가 어찌 나와 승부를 다투고자 하느냐? 일찍 항복하여 죽기를 피하라."

명나라 장수와 군사 들은 이미 경업의 명성을 알고 있었기 때문에 스스로 낙담해 한 번도 싸우지 않고 성문을 열어 항복했다. 그날 밤 경업은 황자명의 진에서 서로 술을 마시며 이야기를 나누었다. 이야기가 병자년의 치욕스런 항복에 미치자, 두 사람은 분한 기운을 참지 못하고 호국을 칠 것을 언약했다.

본진에 돌아온 경업은 황자명의 항복 문서를 호장에게 주어 보내고, 군사를 이끌고 바로 조선으로 돌아갔다. 경업이 임금을 뵙고 황자명과 거짓 싸움한 사연을 아뢰니, 임금이 칭찬하고 경업을 호위대장으로 겸해 임명했다.

이때 호장이 돌아가 호왕을 보고 황자명에게서 항복받은 문서를 올리고 말했다.

"경업이 처음에는 함께 남경을 공격하자 하더니 적진 앞에서 우리 군사를 무수히 죽였습니다. 그리고 스스로 선봉이 되어 피섬을 공격하러 갔는데, 성 앞에서 한 번 호령하니 적들이 싸우지도 않고 항복했습니다. 성에 들어가서는 황자명과 무슨 이야기를 길게 나누더니, 성을 나와서는 군사를 빼어 바로 조선으로 돌아가 버렸습니다. 이 모든 일이 괴이하고, 특히 그 용맹하다는 황자명이 한 번도 싸우지 않고 갑자기 항복한 일이 수상쩍습니다."

호왕이 이 말을 듣고 또한 의심이 들어 출전했던 장수를 불러 물으니, "경업이 출전은 했으나 마지못해 군사를 움직였습니다. 여기에는 분명 무슨 흉계가 있을 것입니다." 하고 대답했다. 호왕이 이 말을 듣고 크게 노해 급히 조선에 사신을 보내 말했다.

"경업이 피섬을 쳐 항복받음이 분명치 아니하고, 또한 명령을 받지 아니하고 스스로 돌아갔으니 죄가 크도다. 그 죄를 밝히고자 하니 급히 잡아 보내라."

임금이 사신의 말을 듣고 크게 놀라 조정 대신을 모아 말했다.

"경업은 과인의 팔다리 같은 장수인데, 이제 만리타국에 경업을 보내는 것은 차마 못할 일이라. 하지만 사신을 그냥 돌려보낸다면 뒷일이 좋지 않을 것이다. 경들은 무슨 묘책이 없겠는가?"

• **죽절강철**(竹節鋼鐵) 강철을 녹여 대나무 마디 모양으로 만든 쇠방망이 무기.

자점이 곁에 있다가, 경업을 그냥 두면 후환이 될까 두려워 말했다.

"이제 경업이 피섬에서 황자명의 항복을 받았지만, 호국 왕의 명을 기다리지 않고 스스로 돌아왔으니 그 죄가 적지 않습니다. 호왕이 죄를 묻는다고 해도 괴이하지 않으니 잡아 보냄이 마땅할까 합니다."

임금이 듣고 마지못해 경업을 불러들여 위로했다.

"경의 충성은 온 나라가 알고 있노라. 타국에 가 수고하고 돌아왔거늘, 또 호국 사신이 와 데려가려 하니 과인의 마음이 슬프도다. 마지못하여 보내니 부디 무사히 다녀오라."

경업이 임금의 말을 듣고 생각했다.

'내 이제 가면 반드시 죽어서야 돌아올 것인데, 내 죽으면 병자호란의 치욕을 누가 갚으리오.'

경업은 슬퍼하며 왕명을 받들었다.

경업이 집에 돌아와 어머니를 뵙고 사연을 알리니 어머니가 깜짝 놀라 말했다.

"네 일찍이 출세하여 이름 높이기를 꿈꾸더니 오늘날 이렇게 될 줄 누가 알았겠느냐. 마음이 찢어지는구나."

경업이 슬퍼하는 어머니를 위로하고 물러 나와, 부인과 아들들을 불러 말했다.

"내가 몸을 나라에 바쳐 부모를 모시지 못하다가 이제 만리타국에 들어가면 죽을지 살지 기약할 수 없구나. 어머님을 극진히 모시어 나 있을 때와 똑같이 하라."

경업이 통곡하며 이별한 뒤에 궁궐에 들어가 임금께 하직 인사를 올리니, 임금이 탄식하며 말했다.

"경이 만리타국에 가니 이는 하늘이 나를 망하게 하심이로다. 이를 장차 어찌해야 좋단 말인가?"

이에 경업이 눈물을 흘리며 말했다.

"신이 호국을 멸하고 세자와 대군 모셔 오기를 밤낮으로 원했는데, 이제 도리어 잡혀가오니 앞일을 예측하지 못한 일이 한스럽습니다."

임금이 기특하게 여기고 술잔을 건네며 위로하니, 경업이 두 손으로 어주를 받아 마시고 하직했다. 이때는 무인년(1638) 2월이었다.

경업이 호국 사신과 함께 길을 떠나 여러 날 만에 평안도 의주를 지나 압록강에 도착했다. 경업은 속으로 탄식했다.

'남자가 세상을 살면서 뜻을 펴지 못하고 어찌 남의 손에 죽으리오.'

경업은 그날 밤 동트기 전에 단검을 품고 도망했다. 낮이면 산속에 숨고 밤이면 몸을 움직여 며칠 만에 충청도 속리산에 이르렀다. 산속에는 깎아지른 듯한 절벽에 한 암자가 있었는데, 오고가는 사람은 하나도 없고 중 서넛만 살고 있었다. 중들이 경업을 보고 괴이하게 여기자 경업이 말했다.

"나는 전쟁 통에 부모처자를 다 잃고 마음을 둘 데 없어 중이 되려고 왔으니, 원컨대 선사께서는 나의 머리를 깎고 받아 주시오."

하지만 중들은 경업을 의심해 삭발을 해 주지 않았다. 이에 경업이 여러 번 간절히 청을 하니 그제서야 독부라는 중이 삭발해 주었다. 중

● **어주(御酒)** 임금이 신하나 백성에게 내리는 술.

이 된 경업은 그 뒤로 낮이면 산속에 있고, 밤이면 절에 머물러 바깥 출입을 하지 않으니, 독부가 경업에게 이토록 몸을 숨기는 까닭을 물었다. 이에 경업이 말했다.

"노승은 묻지 마시오. 자연 알 때가 있을 것이오."

이때 호국의 사신이 경업의 행방을 찾아 온 조선을 뒤졌으나 도무지 종적을 알 수 없었다. 할 수 없어 호국으로 돌아가 호왕에게 사실대로 보고하니, 호왕이 크게 노해 임경업을 잡아 오라고 호령했다.

세월이 흘러 경업이 남경으로 들어갈 뜻을 두어 배를 구하고자 하더니, 용산 삼개에 사는 한 상인을 잘 사귀어 말을 건넸다.

"소승은 충청도 보은 속리산 한 절의 시주승인데, 황해도 연안 백천 땅에 쌀 오백 석을 시주해 두었습니다. 쌀을 싣고 와야 하는데, 주인 께서 큰 배 한 척과 사공 삼십 명을 얻어 주시면 시주 곡식의 반을 드리겠습니다."

상인이 이 말을 듣고 허락했다. 경업이 절에 돌아와 독부를 달래 짐을 지우고 삼개의 상인을 찾아가니 배와 사공들을 준비해 놓았다. 얼마 뒤 경업이 날을 잡아 배에 돛을 올렸다. 서울을 떠나 배가 황해도를 지나 어느덧 평안도로 향하니 사공들이 배 가는 곳이 바뀐 줄 알고, 자신들을 속이고 어디로 가려 하느냐고 소리쳤다. 경업이 그제야 짐을 풀어 갑옷과 투구를 내어 입고 칼을 들고 뱃머리에 서서 사공들에게 호령했다.

"너희가 조선국 대장군 임경업을 모르느냐? 내가 바로 임경업이다. 중국 남경으로 들어가 나라를 위해 할 일이 있으니, 너희는 아무 말도 하지 말고 바삐 가자."

그러나 사공들이 아무런 반응도 보이지 않자 경업이 다시 말했다.

"나는 세자와 대군을 모시러 가는 것이니 너희는 내 명령에 따르라."

이 말을 듣고서야 사공들이 경업의 지시에 따르며 말했다.

"장군님, 장군님의 뜻이 옳은 줄 압니다. 다만 소인들이 부모처자 모르게 뱃길을 떠났으니 그것이 두려울 따름입니다."

경업이 이 말을 듣고 크게 외쳤다.

"너희가 이 나라 백성으로서 나라를 위해 공을 세울 기회가 왔는데, 어찌 사사로운 일로 주저하느냐? 이제부터 내 명령을 어기는 자는 목을 베어 경계할 것이다."

경업은 사공들을 재촉해 배를 돌려 남경으로 향했다. 배는 바람을 타고 순조롭게 나아갔지만, 사공들의 얼굴엔 고향을 생각하며 슬퍼하는 빛이 있었다. 이에 경업이 사공들에게 다가가 말했다.

"너희가 나의 말대로 따라 하면 상이 적지 않을 것이다. 임금께서 큰 상을 내리실 것이니 수고를 다하거라."

* 독부(獨夫) '혼자 사는 남자'라는 뜻의 이름. 다른 책에서는 '독보(獨步)'라고도 했는데, 실존 인물인지는 알 수 없다.
* 삼개 서울 마포의 옛 이름.

이렇듯 위로하니 사공들이 힘을 내 한 달 만에 배가 남경 근처에 도착했다. 어느 큰 섬에 도착해 배에서 내리니, 섬 지키는 관원들이 경업의 일행을 도적인 줄 생각하고 모두 잡아 가두고 말했다.

"너희의 행색이 수상하니 황 장군께 보고하여 처분대로 할 것이다."

관원들의 보고를 들은 황자명은 임경업이 온 줄 알고 기뻐하며 달려오니, 두 사람이 보고 서로 반겨 지난 일들을 나누었다. 황자명이 황제에게 경업이 찾아온 사연을 보고하니, 황제가 경업을 불러 기뻐하며 말했다.

"그대와 이별한 뒤 한 번도 잊은 적이 없었는데, 오늘이 무슨 날이기에 이렇게 그대를 만날 수 있단 말이오? 짐의 기쁨을 헤아릴 수 없도다. 하지만 그사이에 세상일이 변하여 짐의 나라가 호국에 패하고, 또 조선이 패했다 하니 이 어찌 불행한 일이 아니겠소?"

황제가 또 경업에게 남경에 들어온 사연을 물으니 경업이 대답했다.

"나라가 불행한 것은 소신의 불충 때문이옵니다."

경업이 호국 사신에게 붙잡혀 호국으로 잡혀갈 뻔했던 일과 도망쳐 중이 되었다가 배를 얻어 타고 남경에 들어온 일을 아뢰니, 황제가 탄식하며 말했다.

"그대의 충성은 만고에 드물도다."

황제가 경업을 안무사로 임명하고, "황자명과 의논하여 호국을 멸하고 명과 조선의 원수를 갚을 방법을 찾으라." 하니, 경업이 황자명과 호국 칠 계책을 논의했다.

이때 호국이 점점 힘을 키워 남경을 공격하니, 황제가 황자명에게 군대를 일으켜 호국을 막도록 명을 내렸다. 자명이 명령을 받고 경업에게, "이곳은 전쟁의 사활이 달린 중요한 땅이니 함부로 떠나지 마시고 공께서 굳게 지켜 주시게." 하고 말하고 행군했다.

한편 경업이 데려온 중 독부는 피섬에서 부자가 된 오랑캐 상인을 사귀었는데, 하루는 독부가 오랑캐에게 말했다.

"우리 임 장군이 남경에 들어와 군사를 모아 북경을 공격하여 병자년 원수를 갚으려 하오. 그대들이 경업을 잡으려 한다면 나에게 천 냥을 주시오. 그러면 내가 잡아 주겠소."

이 말은 들은 호인이 급히 돌아가 호왕에게 보고하니, 호왕이 크게 놀라 큰돈을 주며 호인에게 말했다.

"이 일이 성사되면 천 냥을 더 줄 것이니 충성을 다하도록 하여라."

호인이 돈을 받아 돌아와 독부에게 주며 호왕의 말을 그대로 전했다. 독부가 천 냥을 받더니 꾀를 내어 한 군사를 사귀어 열 냥을 주고 자명의 글씨를 위조한 편지를 경업에게 전하도록 하니, 편지의 내용은 이러했다.

> 내가 도적과 맞서 싸우다가 화살을 맞고 패했으니, 장군은 급히 와서 나를 구하라.

경업이 편지글이 의심스러워 점을 쳐서 보니, 자명은 무사하고 명군

• 안무사(按撫使) 조선 시대에, 지방의 변란이나 재난 때 민심을 수습하기 위해 왕명으로 파견하던 특사.

이 승전하고 있었다. 경업이 편지를 전한 군사를 잡아들여 엄히 문초하니, 그놈이 아픔을 견디지 못하고 독부에게 돈을 받고 일 꾸민 사실을 실토했다. 경업이 독부를 잡아들여 죄상을 묻고 목을 베도록 했다. 하지만 같이 온 조선 사람들이 독부의 죄상은 모른 채 달려들어 붙들고 슬피 울면서 선처해 주기를 탄원하니, 경업이 관대한 마음이 있어 독부를 놓아주었다. 그랬더니 십여 일 뒤 독부가 또 편지를 만들어 군사로 하여금 임 장군에게 전했다. 편지 내용은 이러했다.

전에 편지를 보냈는데 회답이 없는 것은 무슨 까닭인가? 이제도 위급한 일을 당했으니 공은 바삐 와서 나를 도우라.

편지를 읽은 경업은 이번에는 의심하지 않고 즉시 장수들을 불러 진지를 지키게 하고, 자신은 독부와 함께 배를 타고 거친 파도를 헤치며 출발했다. 이에 독부가 가만히 호인에게 기별을 했다. 경업이 배를 재촉해 가다가 바라보니 거적을 덮은 배들이 무수히 내려왔다. 경업이 의심스러워 독부에게 무슨 배들인지 물으니, 독부는 상선이라고 대답하고 배를 그 사이로 대도록 했다.

이날 밤 삼경 즈음에 문득 함성 소리가 크게 들려왔다. 경업이 놀라 잠을 깨 보니 무수한 호선이 사면에서 자신의 배를 둘러싸고 있었다.

• **상선(商船)** 삯을 받고 사람이나 짐을 나르는 데 쓰는 배.
• **삼경(三更)** 하룻밤을 다섯으로 나눈 셋째의 시각. 밤 열한 시부터 새벽 한 시 사이의 시간.

그중에 한 호장이 경업에게 외쳤다.

"장군을 오랫동안 기다렸도다. 장군은 바삐 항복하여 죽기를 면하라."

경업이 깜짝 놀라 독부를 찾았으나 이미 간 곳이 없었다. 경업은 감쪽같이 속은 것이 너무나 화가 났지만, 이미 어쩔 수가 없었다.

호병들에게 철통같이 둘러싸인 중에, "잡아라!" 하는 소리가 진동하니, 경업이 있는 힘을 다해 적들을 물리치려 했다. 하지만 망망대해에서 단검 하나만 들고 어찌 무수한 호병들을 당하겠는가? 경업이 적선에 뛰어올라 좌충우돌해 호병들을 무수히 죽이고 도망하고자 했지만, 점점 기력이 떨어져 갔다. 아무리 용맹한들 하늘이 정한 운명을 어찌 벗어나리오?

● 호선(胡船) 호국의 배.
● 적선(敵船) 적이나 적국의 배.

소현 세자와 봉림 대군, 청나라에 잡혀가다

1636년 일어난 병자호란은 명과 청, 두 강대국의 패권 다툼에서 비롯된 전쟁이었습니다. 여진족은 지금의 백두산 일대와 만주 지방에 흩어져 살던 부족이었는데, 1616년 누르하치가 '후금(後金)'이라는 나라를 세우고 명나라에 도전을 선포했습니다. 조선의 사대부들은 신흥 강국으로 떠오른 후금을 인정하지 않고 명나라 위주의 외교 정책을 펴 1627년 후금에 침략을 당합니다. 이것이 정묘호란입니다. 적의 군대를 감당하지 못한 조선은 후금과 형제 관계를 맺고 위기를 모면합니다.

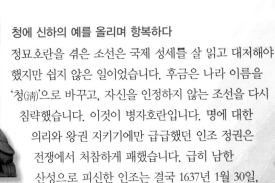

청에 신하의 예를 올리며 항복하다

정묘호란을 겪은 소선은 국제 성세를 살 읽고 대저해야 했지만 쉽지 않은 일이었습니다. 후금은 나라 이름을 '청(淸)'으로 바꾸고, 자신을 인정하지 않는 조선을 다시 침략했습니다. 이것이 병자호란입니다. 명에 대한 의리와 왕권 지키기에만 급급했던 인조 정권은 전쟁에서 처참하게 패했습니다. 급히 남한 산성으로 피신한 인조는 결국 1637년 1월 30일, 세자와 함께 삼전도에서 무릎을 꿇고 신하의 예를 올리며 항복했습니다.

조선 왕조의 치욕의 상징, 삼전도비.

청과 서양의 문물을 과감하게 수용한 소현 세자

소현 세자(昭顯世子, 1612~1645)는 자진해서 아우 봉림 대군과 함께 인질로 심양에 갔습니다. 심양에서의 그는 단순한 볼모가 아니라 외교관 역할을 했습니다. 조선에 대한 청의 무리한 물자 요구를 막는 등 양국 간에 조정자 역할을 하고, 현실적으로 청의 존재를 인정하면서 양국 관계를 정상화 하려 노력했습니다. 그리고 독일인 신부 아담 샬과 친교를 맺고 천문, 수학, 천주교 서적을 조선에 갖고 오는 등 서양 문물을 적극 수용하려 했습니다. 하지만 소현 세자가 8년 만에 조선으로 돌아왔을 때 기다리고 있던 것은 인조의 철저한 불신과 냉대, 인조를 부추겨 소현 세자를 밀어내려는 서인 정권이었습니다. 인조는 세자 일행이 북경에서 가져온 서양 문물에 관한 서적과 물자를 보고 노여워했습니다(이에 대해서 《임경업 전》에서는 인조가 소현 세자에게, "세자는 무슨 탐욕이 있어 호국 황제에게 금은을 구하여 왔느냐?"라며 꾸짖고 벼룻돌을 던졌다고 표현했다.). 소현 세자는 돌아온 해 4월 23일 병이 들어 나흘 뒤인 26일에 갑자기 의문의 죽음을 당합니다.

《인조실록》에는, "(소현 세자)시신의 온 몸에서 피가 나오고, 피가 진한 흑색으로 변해 있었다."라고 기록되어 있다.

청에 원한을 품고 북벌 계획을 추진한 봉림 대군

봉림 대군(鳳林大君, 1619~1659)은 인조의 둘째 아들로, 형 소현 세자 등과 함께 청나라에 볼모로 가서 그곳에 머무르는 동안 형을 적극 보호했습니다. 소현 세자가 먼저 돌아왔다가 갑자기 죽자 봉림 대군이 돌아와 세자로 책봉되었습니다. 그리고 인조가 죽자 왕으로 즉위했습니다. 효종은 오랫동안 청나라에 머무르면서 많은 전장을 다니며 몽고와 명이 패망하는 것을 직접 목격하고 갖은 고생을 했기 때문에 청에 원한을 품었습니다. 효종은 조정의 배청(排淸) 분위기와 함께 북벌 계획을 강력히 추진했습니다. 하지만 국가 재정이 부족했고, 경제 재건을 주장하는 조신들과의 갈등으로 결국 뜻을 이루지 못한 채 41세에 세상을 떴습니다.

병자호란이 남긴 것

두 달간의 짧은 전쟁이었지만 그 피해는 임진왜란에 못지않았고, 이후 조선은 명과의 관계를 완전히 끊고 청에 복속되었습니다. 하지만 사대부들은 마음속으로는 청을 오랑캐라 배격하고, 멸망한 명에 대한 의리를 오랫동안 지키려 했습니다. 당시의 국제 정세와 청에 대한 울분, 명에 대한 의리 의식을 소설화한 것이 바로 《임경업전》입니다.

경업,
세자와 대군을 구하다

마침내 경업이 잡히니 호병들이 배를 재촉해 서둘러 북경 근처에 다다랐다. 호왕은 크게 기뻐하며 3십 리에 창검을 벌여 세워 두고 경업을 잡아들이도록 했다. 호왕이 서릿발 같은 위엄을 부리며 경업을 크게 꾸짖었으나, 경업은 조금도 두려워하지 않고 도리어 호왕을 꾸짖어 말했다.

"이 무도한 오랑캐 놈아, 내 비록 잡혀 왔으나 너희 같은 오랑캐들에게 머리를 굽히진 않는다. 나를 죽이려 한다면 시간을 끌지 말고 속히 죽이거라."

이 말을 듣고 호왕이 크게 노해 말했다.

"병자년에 내 장졸들이 네 나라 임금의 항복을 받고 돌아올 때, 너는 어찌 내 군사를 죽였느냐? 또 네가 피섬을 치러 왔을 때 내 군사를 해쳤기 때문에 죄를 묻고자 사신을 시켜 잡아 오도록 했거늘, 너는 무슨 까닭으로 남경으로 도망쳤느냐?"

경업이 소리 질러 말했다.

"내가 나라를 위하여 원수를 갚고자 하거늘, 네가 간사한 흉계를 부려 우리 임금을 협박하고 세자와 대군을 잡아가니 그 분통함을 어찌 참겠는가? 이런 까닭에 네 장졸을 다 죽이려 했다가 왕명이 있어 용서한 것이다. 그런데 네가 갈수록 교만하여 피섬을 치라 할 때에도 마지못하여 왔고, 네 군사를 남기지 아니하려 하다가 왕명이 지엄하기에 참고 그저 돌아왔다. 그런데 네가 몹쓸 마음을 먹어 나를 끝까지 해치려 하기에 잡혀 오던 도중에 도망했고, 이제 다시 돌아와 네 목을 베고 세자와 대군을 모셔 가려 했다. 다만 독부의 간교한 꾀에 속아 사로잡혔으니, 이는 하늘이 나를 망하게 하려 하심이라. 어찌 죽기를 아까워하겠느냐?"

호왕이 경업의 말을 듣고 말했다.

"네 목숨이 나에게 달렸거늘 끝내 굴복하지 않는구나. 네가 항복하면 내 너를 조선 왕으로 삼아 주겠노라."

"병자년에 우리 임금께서 나라를 위하여 네게 항복했다만, 내가 어찌 목숨을 위하여 너에게 항복하겠느냐?"

이 말에 호왕이 크게 노해 무사에게 목을 베라고 명하자, 경업이 소리를 높여 말했다.

"내 목숨은 하늘에 달려 있지만, 네 머리는 내가 열 발자국만 움직이면 목에서 떨어지는 줄 모르는구나!"

경업이 표정도 바꾸지 않고 무사들에게, "어서 나를 죽이라!" 하고 외치니, 호왕이 경업의 강직함에 탄복해 묶은 줄을 손수 풀어 주고 손을 이끌어 자리에 올려 앉혔다.

"장군은 내게 역신이지만 조선에는 충신이라. 내 어찌 충성스런 장수를 해치겠는가? 장군의 원대로 하리라. 여봐라, 즉시 세자와 대군을 놓아 보내라."

호왕은 신하들을 시켜 즉시 세자와 대군을 놓아 보내도록 했다. 이때 세자와 대군이 별궁에 머물면서 경업을 밤낮으로 기다리고 있었는데, 문을 지키는 관원들이 들어와 알렸다.

"왕자님, 임 장군이 황제께 청하여 두 분 왕자님이 조선으로 돌아가시도록 허락받았습니다."

세자와 대군이 이 말을 듣고 몹시 기뻐하며 문밖으로 나와 경업을 기다렸다. 이때 경업이 호왕 앞에서 물러 나와 별궁 앞에 이르자 세자와 대군이 친히 맞아 주었다. 경업은 울며 절했다.

이튿날 세자와 대군이 경업과 함께 호왕의 궁으로 함께 들어가니, 호왕이 말했다.

"임경업이 생사를 돌아보지 않고 경들을 구하여 돌아가려 하기에 내 이 사람의 충절에 감동하여 경들을 보내노라. 혹시 원하는 것이 있으면 말하라. 내 정을 표할 것이다."

이 말에 세자는 금과 은을 청하고, 대군은 호국에 붙잡혀 온 조선의 백성들을 데리고 돌아갈 수 있기를 청했다. 이에 호왕이 각자의 원대로 하도록 허락하면서도 대군을 기특히 여겼다.

드디어 세자와 대군이 떠나는 날이 되었다. 경업이 세자와 대군 앞에서 크게 절하며 하직 인사를 올리니, 세자와 대군이 울며 말했다.

"장군의 크신 덕으로 우리는 고국으로 돌아갈 수 있게 되었건만, 장군을 두고 가니 가는 길이 어둡고 슬픔을 이길 수 없소. 하루빨리 장군이 무사히 돌아올 수 있기를 바라오."

이에 경업이 말했다.

"세자, 대군마마, 하늘이 도우사 세자와 대군께서 본국으로 돌아가게 되셨으니 그것만으로도 천만다행한 일입니다. 다만 소신이 두 분 왕자님을 모시고 가지 못하오니 그것이 슬플 뿐입니다."

"장군과 동행치 못하니 나의 슬픔을 무엇에 비교할 수 있으리. 가는 길에 기다릴 테니, 그대는 중간에라도 돌아올 방법을 찾으라."

경업이 탄식하며 말했다.

"두 분 마마께서는 부디 지체하지 마시고 조선으로 돌아가소서. 소신도 머지않아 돌아갈 것이니 염려치 마소서."

마침내 세자와 대군이 경업과 이별하고 길을 떠났다. 어느덧 일행이 백두산 아래 이르니, 세자와 대군이 조선을 바라보고는 눈물을 흘리며 탄식했다.

"임 장군이 아니었다면 우리가 어찌 고국에 돌아올 수 있었겠는가? 슬프도다. 임 장군은 우리를 위하여 만리타국에서 죽기를 돌아보지 아니하며 우리를 보냈거늘, 정작 장군은 돌아오지 못하니 어찌 슬프지 아니한가? 밝은 하늘이여, 장군을 도우사 쉽게 돌아오게 하소서."

이때 황자명이 호국과 진을 마주해 싸우고 있다가 경업이 북경으로 잡혀갔다는 말을 듣고 크게 놀라 말했다.

"어찌 하늘이 우리 명을 이다지도 돕지 아니하시는가? 우리가 망하리로다."

황자명은 탄식을 그치지 못했다.

호왕은 경업을 머물러 두고 아름다운 여인과 음악으로 마음을 즐겁게 하고 극진한 예로 대접했다. 하지만 경업의 마음은 조금도 변치 아니했다. 그러던 어느 날 경업이 호왕 앞에 나와 청을 했다.

"소신이 독부의 흉계에 속은 것이 심히 분하오니, 왕께서는 그를 죽여 소신의 한을 풀어 주소서."

호왕 또한 독부를 옳지 않게 여겼던 터라 그를 잡아들여 죽이도록 했다.

호국에서 세자와 대군이 돌아온다는 소식이 전해지자, 임금이 도승지를 보내어 어찌 된 사연인지 먼저 파악하도록 했다. 세자와 대군이 호국에 잡혀갔던 백성을 거느려 임진강을 건너니, 사관과 승지가 맞아 절하고 임금의 교지를 전했다.

"세자, 대군마마, 주상께서, '어찌하여 돌아오게 되었으며, 북경에서 무엇을 가져오는지 자세히 알아 먼저 보고하라.' 하시더이다."

세자와 대군이 승지를 보고 슬퍼하며 부모님의 안부를 물은 뒤에,

• **도승지(都承旨)** 조선 시대에, 승정원에 속한 승지들은 왕명을 전달하고 신하들의 뜻을 임금께 알리는 일을 맡아 했다. 도승지는 승지들의 책임자로, 오늘날의 대통령 비서실장에 해당한다.
• **사관(史官)** 역사의 편찬을 맡아 초고를 작성하는 일을 맡아보던 관리.
• **교지(教旨)** 조선 시대에, 임금이 문무관 4품 이상의 관리에게 주던 명령서.

임 장군이 잡혀갔다가 도망해 남경에 들어가 황자명과 함께 북경을 공격한 사연과 독부의 간계로 북경으로 잡혀가 호왕에게 국문을 받은 일, 그리고 임 장군의 덕으로 자신들이 풀려나게 된 사연, 자신들이 호왕에게 원하던 것을 청하여 얻은 일, 임 장군은 호왕이 놓아주지 않아서 돌아오지 못한 일의 사정을 낱낱이 말했다. 승지가 세자와 대군이 이른 이야기를 모두 글로 적어 임금에게 낱낱이 보고했다. 임금이 이를 보고 기뻐하며 경업을 몹시 칭찬했으나, 세자가 금은을 요구한 일은 불편하게 여겼다. 세자와 대군이 마침내 한양 도성으로 가까이 들어오니, 조정의 신하들과 한양 백성들이 나와 맞아 반기는 한편 임 장군의 충의를 높이 칭송했다.

세자와 대군이 급히 궐내로 들어가 임금에게 인사를 올리니 임금이 반기면서도 슬퍼하며 말했다.

"너희는 무사히 돌아왔거니와, 경업은 언제나 돌아오리오?"

그러고는 또 세자에게 말했다.

"세자는 무슨 탐욕이 있어 호국 황제에게 금은을 구하여 왔느냐?"

임금은 벼룻돌을 세자에게 던져 책망하고, 둘째인 대군을 세자로 봉했다. 이때는 을유년(1645)이었다.

호왕에게는 숙모 공주라는 딸이 있었는데, 천하의 미인이었다. 마침 공주의 혼기가 차 부마를 고르고 있었는데, 호왕이 경업을 마음에 두고 공주에게 그 뜻을 알렸다. 공주가 관상 보는 재주가 있어 부친의 말을 듣고 경업의 상을 보려고 내전으로 청했다. 경업이 이 말을 듣고 부마로 뽑힐까 두려워 신발 속에 솜을 넣어 키를 세 치나 돋우고 들어갔더니, 공주가 경업을 엿보고 있다가 말했다.

"저 사람의 들어오는 걸음은 사자와 같고, 나가는 걸음은 범과 같으니, 영웅이로다. 다만 키가 세 치만 작았으면 좋았을 것을! 안타깝구나!"

호왕이 이 말을 듣고 서운한 마음이 들었으나, 나머지 사람들은 경업의 관상보다 훨씬 못했다. 그래서 경업에게 물었다.

"장군이 부마가 되어 부귀를 누림이 어떠한가?"

이에 경업이 사양하며 말했다.

"대왕께서는 어찌 그런 말씀을 하십니까? 지극히 황송하오며, 하물며 저에게는 조강지처가 있으니 대왕의 뜻을 받들지 못합니다."

이 뒤에도 호왕이 몇 번이나 부마가 되어 줄 것을 권유했으나, 경업이 죽기를 마다하지 않고 사양하니 호왕이 몹시 안타깝게 생각했다. 그리고 경업이 호왕에게 조선에 돌아가게 해 달라고 청하니, 호왕이 결정을 내리지 못하고 미루었다. 이에

호왕의 신하들이 말했다.

"폐하, 절개 높고 충의 있는 조선 사람을 이곳에 두는 것이 무익하며, 또 조선으로 보내어도 해로움이 없을 것입니다. 경업을 의로써 보내면 조선이 또한 의로써 섬길 것이니, 보내는 것이 마땅하나이다."

호왕이 신하들의 말을 따라 잔치를 베풀어 경업에게 정성껏 대접하고, 마침내 경업을 놓아 보내었다. 뿐만 아니라 예물을 갖추어 보내며, 군사들로 하여금 의주까지 친히 호송하도록 했다.

김자점,
경업을 죽이고
역모를 도모하다

이때 조선에서는 김자점의 권세가 하늘 높은 줄 몰랐다. 경업이 돌아온다는 소식이 알려지자, 이를 들은 자점은 경업이 돌아오면 자신의 계교를 이루지 못할 것이라 생각하고 임금에게 아뢰었다.

"대왕마마, 경업은 반역의 마음을 품었던 자입니다. 호왕의 명령을 거역하고 남경으로 도망하여 우리 조선을 치려다가, 하늘이 무심치 아니하여 북경에 잡혀가 계교를 이루지 못했습니다. 어쩔 수 없어 세자와 대군을 청하여 보내고 이제 자신도 돌아오니, 어찌 이런 대역 죄인을 그냥 두려 하십니까?"

이 말을 듣고 임금이 깜짝 놀라 말했다.

"경은 무슨 까닭으로 만고의 충신을 해치려 하느냐?"

임금이 자점을 꾸짖고 물리쳤으나, 자점은 조정에서 물러 나와 무리에게 경업이 의주에 오면 거짓 명령을 내려 역적으로 잡아 오라는 계책을 전했다.

이때 경업이 데려갔던 뱃사공들, 호국 사신과 함께 의주에 도착하니, 나졸이 와서 임금의 명령이라며 소리쳤다.

"임경업이 반역을 꾀한다 하여, 역적을 처벌하는 법에 따라 잡아 오라 하신다."

경업은 의심스러웠지만 임금의 명령을 거역할 수 없었다.

나졸들이 경업의 목에 칼을 씌워 갈 길을 재촉하니, 의주 백성들이 울며 말했다.

"우리 장군께서 만리타국에서 공을 세우고 이제야 돌아오셨는데, 무슨 까닭으로 잡아가시오?"

이에 경업이 말했다.

"모든 백성은 나를 의심하지 말라. 나는 죄 없이 잡혀간다."

백성들은 남녀노소 없이 무슨 까닭인 줄도 모르고 슬퍼했다.

경업이 샛별령에 이르러 이전 일을 생각하고 그동안 같이했던 뱃사람들을 불러 말했다.

"너희가 부모처자를 이별하고 만리타국에 갔다가 무사히 돌아오게 되었으니, 이것이 다행스럽도다. 다만 너희 은혜를 만분의 일이나 갚고자 했는데, 내 운명이 불행하여 죽게 되었으니 이것이 안타깝도다. 너희를 다시 보기 어렵게 되었으니, 너희는 각기 돌아가 좋게 있으라."

경업의 말에 사공들이 울며 말했다.

"장군께서 이렇듯 잡혀가시는 까닭을 소인들은 알지 못하지만, 장군의 충의는 하늘에 사무쳤으니 설마 무슨 일이야 있겠습니까? 장군께서는 과히 슬퍼하지 마소서."

사공들이 차마 떠나지 못하자, 경업이 삼각산을 바라보고는 슬퍼하며 혼잣말을 했다.

"사내대장부가 세상에 태어나서 평생의 뜻을 이루지 못하고 애매하게 죽게 되었으니, 그 누가 나의 원한을 풀어 주리오?"

경업이 통곡하니 산천초목도 함께 슬퍼했다.

경업이 도착한다는 소식이 궁궐에 알려지자, 임금도 기뻐하며 승지로 하여금 경업에게 위로의 말을 전하게 했다.

"경이 무사히 돌아온다고 하니 기쁘고 다행이며, 즉시 보고 싶지만 먼 길을 달려왔으니 잘 쉬고 내일 아침 대궐로 들라."

하지만 승지는 자점을 두려워해 임금의 뜻을 전하지 못하니, 자점이 심복을 보내어 거짓 조서를 전하고 옥에 가두었다.

경업은 생각했다.

'주상께서 나를 맞아 주신다면 내 죽어도 한이 없을 것이다. 세자와 대군께서는 나의 일을 알고 계실까, 모르고 계실까?'

경업은 밤낮으로 괴로워했다. 목이 말라 옥졸에게 물을 달라고 했지만 물도 주지 않았으니, 이것도 자점이 그렇게 시켰기 때문이었다. 경업이 이 모습을 보고 탄식하며 말했다.

"옥졸들도 나를 밉게 여기니, 이는 하늘이 나를 죽게 하심이로다.

• **샛별령** 평안도 가산(嘉山)에 있는 고개. 효성령(曉星嶺)이라고도 한다.

누구를 원망하겠는가?"

다음 날 아침 임금이 내시를 보내 경업을 불렀지만, 그 내시 또한 자점과 같은 무리여서 경업이 죽을 것으로 알고 주저했다. 이때 마침 감옥 지키는 관리가 경업의 사정을 불쌍히 여겨 경업에게 살짝 귀띔해 주었다.

"장군을 역적으로 잡아 옥에 가둔 것은 다 김자점의 모략이니, 그대는 어떻게든 누명을 벗도록 하시오."

이 말에 경업이 그제야 자점의 흉계인 줄 알고 가슴이 찢어지는 듯한 아픔을 느꼈다.

경업은 감옥 문을 부수고 대궐로 들어가 임금 앞에 무릎을 꿇고 죄를 청했다. 임금이 경업을 보고 반겨 친히 안으려 하다가 깜짝 놀라 말했다.

"경이 만리타국에 갔다가 이제 큰 공을 세우고 돌아오니 과인은 반가운 마음을 진정치 못하겠노라. 먼 길에 고된 몸을 쉬도록 하여 오늘에야 보니 반갑기 그지없거늘, 죄인이라니 이게 무슨 말인가? 사정을 자세히 이르라."

이에 경업이 머리를 조아리며 용서를 빌었다.

"신이 무인년에 북경에 잡혀가옵다가 중간에 도망한 죄는 만 번 죽어도 아깝지 않습니다. 다만 신은 명나라와 뜻을 같이하여 호국을 쳐 호왕의 목을 베고 병자년 원수를 갚고, 세자와 대군을 모셔 오고자 한 것입니다. 그런데 간신에게 속아 북경에 잡혀갔다가 천만다행으로 돌아오게 되었는데, 의주서부터 잡아 올리라 하여 목에 칼을 쓰고 잡혔왔습니다. 소신은 어찌 된 까닭인지 몰랐는데, 다시 주상 폐하를 뵈오니 이제 죽어도 여한이 없습니다."

임금이 경업의 말을 듣고 깜짝 놀라 조신들에게 그동안의 사정을 낱낱이 조사해 아뢰도록 했다. 이에 자점이 더 이상 속이지 못하고 임금 앞에 엎드려 아뢰었다.

"전하, 경업이 역적이옵기에 잡아 가두고 아뢰고자 했나이다."

이에 경업이 큰 소리로 자점을 꾸짖으며 말했다.

"이 몹쓸 역적아, 네 벼슬이 높고 국록이 충분하거늘, 무엇이 부족하여 반역할 마음을 두어 나를 해치고자 하느냐?"

자점이 아무 말도 하지 않자 임금이 진노해 말했다.

"경업은 삼국에 유명한 장수요, 또한 천고의 충신이라. 너희 놈이 무슨 뜻으로 죽이려 하느냐? 이는 반드시 반역을 꾀하는 것이라!"

임금은 자점, 그리고 그와 함께 참여한 자를 모두 금부에 가두고, 경업은 풀어 주라 명했다. 자점이 대궐에서 물러 나온 뒤 경업이 나오는 것을 보고 무사들에게 치도록 분부하니, 무사들이 경업을 무수히 난타해 죽을 지경으로 만든 뒤 감옥으로 보냈다. 이를 지켜본 뒤에야 자점은 금부로 잡혀갔다.

좌의정 원두표와 우의정 이시백 등은 이런 변이 있을 줄 알고 참여하지 않았다가, 자점이 경업을 죽이려 하는 줄 짐작하고 경업의 일을 아뢰었다.

대군이 크게 놀라 말했다.

"이 일을 전혀 알지 못했다. 임 장군이 어제 궁궐에서 나와 어디에 있는가?"

"신들도 그곳을 모르옵니다."

조신들이 입을 모아 대답했다.

대군이 궁궐에 들어가 임 장군의 일을 물으니 임금이 자세히 일러
주었다. 이에 대군이 단호하게 말했다.

"폐하, 충신을 모해하는 자는 역적이 분명하오니 국문하여 죄를 밝
히소서."

대군은 장군의 숙소로 가고자 했으나, 다음 날 찾으라는 임금의 말
에 밤을 꼬박 샜다.

그날 밤 경업은 난장을 맞고 옥중에 갇혔다가 삼경에 세상을 뜨니,
기축년(1649) 9월 26일이요, 그의 나이 46세였다.

감옥의 관원이 이 사연을 조정에 보고하고자 하니, 자점이 이를 말
리며 말했다.

"경업의 시신을 내어다가 제 숙소에 두고, 임금 속인 말이 너무 많
아 죄 있을까 하여 자결했다고 아뢰어라."

감옥의 관원은 자점이 일러 준 말 그대로 보고했다. 세자와 대군이
경업의 장례식에 가려다가 조정 대신들이 말려 가지 못하고 더욱 슬퍼
하며 말했다.

"슬프다, 임 장군이여, 그토록 그대를 그리워하다가 다시 못 보고

• **금부(禁府)** 정식 명칭은 의금부(義禁府). 조선 시대에, 임금의 명령을 받들어 중죄인을 신문하는 일을 맡아
하던 관아.

속절없이 영원한 이별을 하게 될 줄을 어찌 알았으리오."

세자와 대군은 자신들의 비단 옷을 벗어 염습에 쓰라 하고, 서로 만나 보지 못한 심정을 글로 지어 관에 넣도록 했다.

임금도 또한 자신이 입던 용포와 금은을 후히 내리고, 왕의 예식으로 장사하도록 했다.

• **염습(殮襲)** 죽은 이의 몸을 씻긴 다음에 수의를 입히고 염포로 묶는 일.
• **용포(龍袍)** 왕이 입던 두루마기. 임금을 상징하는 용을 수놓았다고 해서 붙인 이름이다.

김자점, 만고에 다시없을 역적?

김자점은 《임경업전》에서 호국이 경업을 죽이고자 피섬에 보낼 군대를 청하자 잽싸게
경업을 보내고는 거리낌 없이 나랏일을 주무르고, 경업이 호국에서 소현 세자와
봉림 대군을 구해 돌아오자 역적으로 몰아 임금에게 처벌할 것을 요구합니다.
이렇듯 김자점은 《임경업전》에서 임금의 명령도 무시하며 충신을 해치는 악인으로
그려져 있습니다. 실존 인물인 김자점은 실제로도 이런 악인이었을까요?

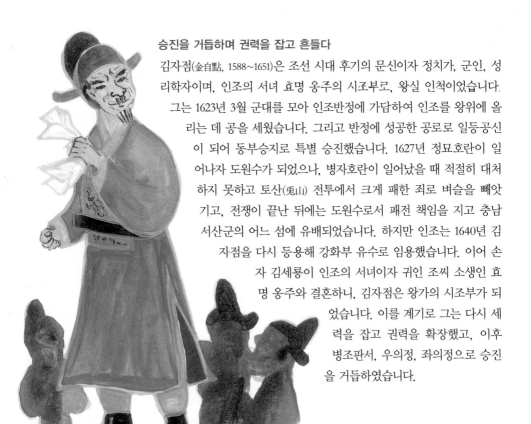

승진을 거듭하며 권력을 잡고 흔들다

김자점(金自點, 1588~1651)은 조선 시대 후기의 문신이자 정치가, 군인, 성
리학자이며, 인조의 서녀 효명 옹주의 시조부로, 왕실 인척이었습니다.
그는 1623년 3월 군대를 모아 인조반정에 가담하여 인조를 왕위에 올
리는 데 공을 세웠습니다. 그리고 반정에 성공한 공로로 일등공신
이 되어 동부승지로 특별 승진했습니다. 1627년 정묘호란이 일
어나자 도원수가 되었으나, 병자호란이 일어났을 때 적절히 대처
하지 못하고 토산(兎山) 전투에서 크게 패한 죄로 벼슬을 빼앗
기고, 전쟁이 끝난 뒤에는 도원수로서 패전 책임을 지고 충남
서산군의 어느 섬에 유배되었습니다. 하지만 인조는 1640년 김
자점을 다시 등용해 강화부 유수로 임용했습니다. 이어 손
자 김세룡이 인조의 서녀이자 귀인 조씨 소생인 효
명 옹주와 결혼하니, 김자점은 왕가의 시조부가 되
었습니다. 이를 계기로 그는 다시 세
력을 잡고 권력을 확장했고, 이후
병조판서, 우의정, 좌의정으로 승진
을 거듭하였습니다.

소현 세자 일가와 임경업을 죽이다

김자점은 인조가 소현 세자와 세자빈을 쫓아내려는 뜻을 알고는 소현 세자와 세자빈 강빈 제거에 가담하고, 소현 세자의 아들들과 강빈의 형제까지 제거하게 했습니다. 이로 말미암아 소현 세자 일가가 비극적으로 죽은 것에는 김자점의 입김이 컸다고 평가되고 있습니다. 1646년 6월 임경업은 청나라에서 조선으로 송환되었으며, 18일 서울에 도착해 인조의 친국을 받았습니다. 김자점은 병자호란 당시 청군에 쫓기던 임경업이 명나라로 도피하는 것을 도왔는데, 임경업이 친국 도중에 이를 발설할 것이 두려웠던 김자점은 자신의 안전을 위해 그의 처형을 주장했습니다. 결국 임경업은 형리들로부터 모진 매를 맞고 죽고 말았습니다. 이로 말미암아 《임경업전》에서 김자점은 만고에 다시없을 역적이자 악인으로 그려졌습니다.

아들의 역모 시도로 능지처참에 처하다

1649년 인조가 죽고 봉림 대군이 즉위하여 효종이 되자, 김자점은 효종의 북벌 정책에 반대하다가 영의정에서 파직당하고 강원도 홍천에 유배당하게 됩니다. 이에 앙심을 품고 유배지에서 조선이 북벌을 계획하고 있다고 청에 밀고하였습니다. 이후 아들 익(釴)이 군사를 동원하여 역모를 일으키려 한 사실이 사전에 발각되어 아들과 함께 사형에 처해지게 됩니다. 그는 국문 후 왕명으로 능지처참에 처해졌는데, 이는 사지를 토막 내고 마지막에 목을 자르는 참혹한 형벌이었지요. 그의 아들, 손자 들도 모두 처형되었고, 모친과 처, 딸 등 일가는 모두 노비로 끌려갔습니다.

임경업의
원한을 풀다

이때 임 장군이 돌아온다는 소식이 고향에 전해졌다. 경업의 자손과 친척들이 크게 기뻐하며 동생 삼 형제와 아들 삼 형제 등이 급히 한양에 이르렀지만, 경업은 이미 죽어 있었다. 일행이 경업의 시신을 붙들고 하느님을 부르며 통곡하니, 지나가던 사람들도 흐르는 눈물을 멈출 수 없었다.

임금이 승지를 보내어 위로하고, 대군이 친히 나가 조문하며 예관을 보내어 3년 제사를 받들라 했다. 그리고 자점은 경업을 모함한 죄로 제주도로 유배 보내고, 그 무리는 삼수갑산, 진도, 거제도, 흑산도, 금갑도에 유배 보내었다.

자점은 반역의 마음을 품은 지 오래되었다가 절도에 유배되자 더욱 분하게 여겨 반역 일으킬 마음을 먹었다. 우의정 이시백이 자점이 그

동안 한 일을 낱낱이 조사하여 보고하니, 임금이 크게 놀라 금부도사를 보내어 자점을 잡아다가 엄한 형벌을 내려 조사한 뒤에 가두었다. 그날 밤 임금이 꿈을 꾸었는데, 경업이 임금에게 나타나더니, "흉적 김자점이 소신을 죽이고 반역할 꾀를 품어 거의 일이 되어 가오니 바삐 죽이소서." 하고 말하고는 울며 사라졌다. 임금이 놀라 깨달으니, 경업이 앞에 있는 듯했다.

임금은 슬픔을 이기지 못하다가, 날이 밝자 자점을 붙잡아 와서 엄한 형벌을 내려 죄를 조사했다. 이에 자점이 자기 죄를 다 털어놓고, 그동안 반역의 마음을 품었던 일과 경업을 모해한 일을 모두 인정했다. 임금이 크게 노해 말했다.

"자점의 삼족을 다 잡아내어 저잣거리에서 찢어 죽이라."

임금은 자점의 무리도 다 처벌하도록 했다. 또 경업의 자식들을 불러 말했다.

"너희 아비가 자결한 줄로 알았더니, 꿈에 와 이르기를 자점에게 해를 입어 죽었다고 하기에 흉적을 내주나니, 너희 마음대로 복수해도 좋다."

경업의 자식들이 임금에게 백배 사은하고 대성통곡하며 자점에게

• **삼수갑산(三水甲山)** 삼수와 갑산은 각각 함경남도 북서쪽과 동북쪽에 있는 오지. 이 두 지역은 특히 날씨가 춥고 산세가 험해 조선 시대의 대표적인 귀양지로 유명했다.
• **절도(絕島)** 육지에서 아주 멀리 떨어진 바다에 위치한 외딴섬.
• **금부도사(禁府都事)** 의금부에 속한 관리. 임금의 특명에 따라 중죄인의 잘못을 조사하고 처벌하는 일을 주로 했다.
• **삼족(三族)** 부계(父系), 모계(母系), 처계(妻系)의 세 족속을 가리키는 말.

말했다.

"이놈 자점아, 우리 부친께서 만리타국에 가 겨우 목숨을 보전하여 세자와 대군을 모셔 오며 나라에 온 힘을 다 바쳤거늘, 너와 무슨 원한이 있다고 이렇듯 온갖 거짓말로 모함했느냐?"

경업의 자식들은 장군의 신위를 차려 놓고 칼을 들어 자점의 배를 갈라 오장을 끊고 간을 내어놓고 제사문을 지어 혼령에게 고하고, 다시 칼을 들어 자점의 살을 점점이 저며 맛보고 뼈를 돌로 짓이기며 꾸짖었다.

이날 밤에 임금이 잠을 못 이루어 몸을 뒤척이더니, 비몽사몽 중에 임 장군이 홍포관대를 차려 입고 학을 타고 들어와 네 번 절을 하고 말했다.

"전하, 신이 억울하게 죽어 가슴에 맺힌 원한을 풀지 못하고 원수를 갚지 못할까 하옵더니, 오늘날 전하의 크신 덕으로 신의 원수를 갚아 주시고 역적을 없애 주시니, 신이 비로소 눈을 감을 수 있게 되었습니다. 바라옵건대 전하는 만수무강하옵소서."

경업이 통곡하며 사라지거늘, 임금이 깨닫고 탄식하며 말했다.

"과인이 밝지 못하여 나라의 기둥 같은 신하를 죽였으니, 어찌 통한치 아니하리오?"

임금은 경업의 집에 충신의 정문을 내리고, 충주 달천 땅에 서원을 세워 경업의 초상을 그려 제사하게 했다. 그리고 경업의 동생을 불러 벼슬을 내렸으나, 굳이 사양하고 받지 아니했다. 또한 임금은 이조와 병조에 경업의 자손을 대대로 특별히 헤아려 벼슬을 내리도록 교서를 내리고, 친히 그 뜻을 써 경업의 동생과 아들을 불러 하사했다. 이후에 경업의 처 이씨 부인은 장군이 억울한 죄를 벗었다는 소식을 듣고 통곡하며 말했다.

"장군이 이제 누명을 벗고 명장이 되셨으니, 내 어찌 열녀가 아니 되겠는가?"

이 말을 마치고 이씨 부인은 자결했다. 임금이 이 소식을 듣고 그 집에 열녀 정문을 내리라 하고, 달천 서원에 이씨 부인이 자결한 뜻을 기록해 세상에 전하도록 했다.

임 장군의 자손들은 부귀와 출세에 뜻이 없어 벼슬을 하지 않고 농업에 힘쓰며 세상을 잊었다.

* **신위**(神位) 글씨나 그림 등으로 죽은 사람의 혼백을 모셔 놓은 자리.
* **홍포관대**(紅袍冠帶) 붉은빛의 예복과 머리에 쓰는 관과 허리띠. 관리들이 입던 공복(公服)을 말한다.
* **정문**(旌門) 나라에서 효자, 충신, 열녀 들이 살던 마을 입구나 집 앞에 그 행실을 널리 알리고 본받도록 하기 위하여 세운 붉은 문. 홍문(紅門), 홍살문이라고도 한다.

남명 정부의 구원장이자
종묘사직의 수호자, 임경업 장군

◉ 《임경업전》에 나타난 사실과 허구의 거리

《임경업전》은 적어도 1680~90년경에 지어졌고, 1702년 당시에는 민간에 널리 읽히고 있었다는 기록이 있습니다. 《임경업전》은 조선 인조 때의 무신 임경업의 일생을 작품화한 한글 소설로서, 《임장군전》이라고도 불립니다. 전하는 판본으로는 목판본과 활자본, 세책본 등이 있습니다. 목판본은 경판본 《임장군전》으로서, 국립중앙도서관에 소장된 27장본, 일본 동양문고에 소장된 21장본, 단국대학교 율곡기념도서관 나손문고에 소장된 16장본이 있습니다. 연세대 소장 《임장군전》은 1780년경 출판된 것으로 가장 이른 시기의 목판본입니다. 활자본은 세창서관에서 간행된 《임경업전》이 있습니다. 세책본은 일본 동양문고에 소장되어 있는 2권 2책본 등이 있습니다. 목판본과 활자본은 전체적인 내용상으로는 별 차이가 없으나, 활자본은 뒤에 이루어진 임경업의 연보를 참조하여 보충한 것으로 보입니다. 동양문고본 세책본은 전체적으로 목판본과 큰 차이는 없지만, 뒤에 결말 방식이 다릅니다. 경판본에서는 임경업의 후손이 나라에서 주는 벼슬을 받지 않고 농사를 지으며 세상을 잊고 살았다고 했는데, 동양문고본에서는 임경업의 아들들이 높은 벼슬을 하고 부귀를 누리는 '행복한 결말 방식'을 보여 줍니다.

《임경업전》은 임경업 장군의 일대기를 쓴 것처럼 보이지만, 허구가 많은 작품입니다. 임경업에 대한 실제 전기와 소설을 대비해 보면, 임경업의 초년 시절, 초임 및 재임 벼슬과 공적, 남경 동지사 수행 사실, 호국의 청병장이 되어 가달과 전쟁한 사건, 후반부의 세자 귀환 공로 등 적지않은 내용들이 허구입니다. 소설에서 실제 인생사와 부합하는 부분은, '명과 내통한 사실이 드러나 경업이 청으로 끌려가던 도중 탈출하여 명으로 망명하였다가 청에 붙잡히고, 조선으로 들어와 억울하게 죽은 사건' 정도입니다. 이러한 몇 가지 사건을 중심으로 하여 임경업의 일생을 완전히 새롭게 재구한 결과가 《임경업전》 또는 《임장군전》입니다. 이 소설들의 작가들은 임경업을 '만고 충신', '비극적 영웅', '민족적 영웅', '민중적 영웅' 등으로 그렸고, 그러한 주인공에 독자들은 깊은 공감을 느꼈던 것으로 보입니다.

◉ 작가는 왜 허구로 가득 찬 《임경업전》을 써낸 것일까

김기동 교수는, '만고 충신 임경업의 국가에 대한 충성을 표현하는 동시에 당시 우리 민족의 배청숭명(背淸崇明) 사상을 표현'한 것이라고 하였습니다. 배청숭명 사상이란 조선 사대부들이 멸망한 명나라를 추모하고, 새로 건국한 청나라를 무시하고 배격했던 생각과 시대의식을 말합니다. 1616년 누르하치가 후금을 건국하고, 1644년 명나라가 멸망하고, 후금 만주족이 청나라를 건국한 뒤, 조선의 사대부들은 청나라가 새로운 중국의 맹주임을 인정하지 않고 망한 명나라를 추모하였습니다. 장덕순 교수는 작품의 허구적 부분들은 임경업을 영웅화하는 한편, 병자호란에서의 실제 패배에 대한 정신적 승리를 과시한 위안이요 일종의 복수라고 하였습니다. 서대석 교수는 이 작품의 작가 의식을 호국에 대한 적개심과 김자점에 대한 증오감으로 요약하며, 이를 민족의식의 반영으로 보았습니다. 이윤석 교수는 현재 많은 이본이 전하지만, 이들이 모두 한 작가의 글에서 비롯된 것이라고 주장했고, 작가가 임경업이라는 한 '비극적인 인간의 운명'을 널리 나누기 위해 창작했다고 하였습니다. 이복규 교수는 《임경업전》의 주제를 '영웅의 좌절에 대한 안타까움'이라고 하였습니다. 박경남 교수는 '역신 김자점에 대한 징계와 숭명배청의 충신 임경업의 선양을 통한 국민 일반의 충성심 고취'를 위해 왕실, 사대부 집권층이 소설과 실기라는 두 가지 방편을 모두 이용했다고 하였습니다.

이처럼 대부분의 연구자들은 《임경업전》을 허무맹랑한 통속 소설로 치부하지 않고, 매우 진지하며 일관된 작가 의식과 민족의식이 깔려 있는 작품으로 보았습니다. 그리고 '비극적 영웅의 좌절에 대한 안타까움의 표현 의도', '임경업의 충성심, 배청숭명 사상과 김자점에 대한 증오심' 등으로 작가 의식 및 창작 의도를 파악하였습니다. 그럼 작품을 읽으며 좀 더 구체적으로 주인공 임경업이 어떠한 인물로 그려져 있는지 생각해 볼까요?

● 남경이라는 공간 설정의 의미

소설에서 임경업은 작품 초반에 백마강 만호, 천마산성 중군 벼슬을 하면서 세운 공을 인정받아 남경 동지사 이시백의 군관으로 발탁되고, 그 뒤로 공을 세워 그의 이름을 중원에 널리 알리게 됩니다. 임경업이 명나라의 수도 남경(南京)에 가서 황제를 만나고 대원수가 되어 가달을 물리치는 등 큰 공을 세우지요. 그런데 흥미로운 것은 명나라의 수도가 처음부터 '남경'으로 설정되었다는 점입니다. 이것은 작가의 창작 의도와 밀접한 연관이 있습니다. 작가는 작품 첫 부분에서 임경업이 1624년 남경 동지사 사신단 일원으로 참여했다고 하였습니다. 그런데 이 시기는 실제 임경업이 활동한 시기와 맞아떨어지지 않지요. 그런데 더 큰 문제는 실제 역사상에서 1624년에 명나라 수도는 남경이 아니라 북경(北京)이라는 점입니다. 1368년 명 건국 후 영락제가 수도를 남경에서 북경으로 옮긴 것이 1421년이니, 북경이 명의 수도임을 모르는 조선인은 없었을 것입니다. 그런데 작가는 왜 수도를 남경이라고 하였을까요?

작품을 전체적으로 살펴본 결과, 이는 착각이나 착오가 아니라, 작가가 《임경업전》의 시간적 배경을 이자성(李自成)의 난으로 인해 명이 멸망하고, 남명(南明) 정부(1644~1662)가 수도를 남경에 정한 1644년 이후로 설정하였기 때문이라는 점이 드러납니다. 작가는 이후에 임경업이 호국으로 잡혀가다가 도망쳐 명으로 망명한 사건 등에 손쉽게 맞추기 위해 처음부터 중국의 수도를 남경으로 잡은 것이지요. 이 점에서 남경 수도 설정은 매우 의도적인 것이며, 서사적으로도 의미가 있습니다.

소설에서 남경은 처음부터 끝까지 명나라의 수도였습니다. 북경은 작품 초기에는 드러나지 않았지만 작품의 중반부 이후로는 이미 호국의 수도가 되어 있었고, 끝까지 호국의 수도로 남아 있었습니다. 곧 임경업이 갑자년(1624) 남경 동지사로 가기 전부터 중국은 호국이 이미 북경을 차지하고 있었고, 명은 남경으로 천도해 있었다는 것이지요. 그런데 북경에 있는 호국은 남경의 명나라에 조공을 바치고 있는 책봉 국가였으며, 힘이 미약하여 임경업의 지휘를 받는 명군의 도움을 받아 가달을 물리칠 수 있었다고 한 점이 흥미롭습니다. 호국은 명과 임경업에 결코 잊어서는 안 될 큰 은혜를 입었고, 그리하여 임경업을 위하여 무쇠로 된 만세불망비까지 세웠습니다. 이러한 남경 중심의 시공간 설정으로 말미암아 남명 중심의 동아시아 질서를 만든 작가의 독특한 세계 인식과 서사 세계의 특성이 드러납니다.

역사적으로 보면, 1368년 세워진 명나라는 1644년 3월 19일 이자성이 이끄는 대순군(大順軍)에 의해 멸망되었습니다. 마지막 황제 숭정제(崇禎帝)는 34세의 젊은 나이에 황궁 뒷산인 경산(景山)에서 목을 매 자결하였습니다. 이로부터 2개월 뒤인 5월 15일 명나라의 대신들과 황족들은 명의 제2 수도였던 남경으로 피난하여 주유숭(朱由崧)을 황제로 옹립하고 남명 정부를 수립하였습니다. 남명 정부의 초대 황제 홍광제(弘光帝)는 1644년부터 1645년까지 남경에서 도읍하여 재위하였으나, 1645년 양주(楊洲)가 함락되자 탈출하다가 붙잡혀 북경으로 압송되어 사형을 당하였습니다. 그 뒤에 주율건(朱聿鍵)이 융무제(隆武帝)로 1646년 복건(福建)에서 즉위하였지만, 남명 정부는 북벌에 실패하고 융무제는 청군에 붙잡혀 복건에서 사형을 당합니다. 그리고 1649년 복건성에서 즉위한 마지막 황제 영력제(永曆帝) 주유랑(朱由榔) 역시 청군에 쫓겨 다니다가 복건에서 곤명(昆明)으로, 그리고 다시 버마(지금의 미얀마)까지 도망쳤다가 1662년 오삼계(吳三桂)의 손에 의해 목이 달아나고, 남명 정부의 명 재건운동은 좌절되었습니다. 남경에서 버마까지 남부 중국과 동남아시아를 주유하며 남명 정부가 버틴 시간은 18년이었습니다.

● 남명 정부의 구원장 임경업

공간에는 그곳에 깃든 역사와 기억, 또 그곳에서 거주하고 활동하였던 인물들을 환기해 내는 힘이 있습니다. 병자호란 이후 '남경'이라는 공간은 조선인들에게 명의 멸망과 남명 정부의 수립, 홍광제, 영력제 등을 떠오르게 하였을 것입니다. 실제 남경이라는 역사 공간에 거주하였던 홍광제를 비롯한 남명 정부의 인물들이 수행한 일은 청나라에 잃은 북경과 강북 지역을 회복하고, 소위 '중화' 위주로 천하의 중심을 바로잡는 일이었습니다. 그 역사적 과업과 그 공간에 작가는 임경업을 '남명 정부의 구원장'으로 형상화하여 초대하였던 것입니다. 소설 《임경업전》에 그려진 남경의 황제는 완전히 허구적 인물이라기보다는, 실제 남명 정부의 황제였던 홍광제나 영력제의 이미지와 부분적으로 부합합니다. 임경업의 충성심을 신뢰한 그 황제는 임경업에게 대원수 직책을 부여하여 군대를 지휘하고 호국을 구원하도록 하였습니다. 또 뒤에 호국으로 잡혀가던 도중 탈출하여 다시 찾아온 경업을 안무사로 임명하여 호국을 벌하노록 임무를 부여하였습니다.

소설에서 임경업은 그 망명 정부의 황제가 거주하고 있었던 남경에 들어가 황제를 도와 실지(失地) 회복 운동, 명 재건 운동을 직접 수행하였습니다. 고립되어 있던 남명 정부에 임경업이 구원장으로 파견되어 명 재건 운동을 도운 소설 속 행위는, 임진왜란 때 명의 도움을 받았던 조선으로서 대단히 절의 있는 보은 행위였을 것입니다. 그렇기에 소설의 뒷부분에서 경업이 독보에게 속아 북경으로 잡혀갔을 때, 이 말을 들은 명의 장수 황자명은, "어찌 하늘이 우리 명을 이다지도 돕지 아니하시는가? 우리가 망하리로다." 하며 탄식할 정도였습니다. 이렇듯 남경에서 펼쳐진, 구원장 임경업의 활약은 《임경업전》의 서사 세계에서 매우 의미 있는 것이었습니다.

요컨대, 《임경업전》의 작가가 명나라의 수도를 남경으로 설정한 것은 명 멸망 뒤 남명 정부의 수립을 기점으로 한 것이고, 그 공간에서 임경업은 호국에 맞서 명나라를 재건하려는 남명 정부의 구원장이자 협력자로서 활약하였습니다. 작가는 이 점을 뜻깊게 여기고 표현한 것입니다.

● 종묘사직의 수호자 임경업

《임경업전》의 작가는 병자호란 이후 조선의 종묘사직을 보전하는 것에 거의 모든 관심을 기울였습니다. 그 공간에서 임경업은 조선 종묘사직의 수호자로 형상화됩니다. 호국에 대한 무비(武備), 즉 군사적 대비를 철저하게 하였고, 볼모로 잡혀간 세자와 대군을 환국케 하였다는 점에서 그러합니다. 이를 좀 더 구체적으로 살펴보면 다음과 같습니다.

첫째, 무비를 철저하게 한 점입니다. 임경업이 재임(再任)으로 천마산성 중군을 제수 받았을 때, 그는 산성 보수 임무가 중요한 줄 알고 조정에 요청해 건장한 군사를 역군으로 보충하였고, 또 역군들을 잘 먹이고 친히 성 쌓는 일을 함께하며 군사들을 격려함으로써 1년 만에 임무를 무사히 끝마칠 수 있었습니다. 호국이 압록강 유역으로 군사 3만 명을 이끌고 내려와 조선을 위협하였을 때, 의주를 지키고 있던 경업은 의주 군영의 군사 훈련을 엄중히 하였고, 조선의 사정을 엿보던 압록강 건너 호병들을 진압하여 호국 장졸의 사기를 꺾어 놓았습니다. 임경업은 이후에도 군사를 조련하고 군기를 보수하며 의주의 성첩(城堞)을 수축하여 훗일을 방비하였습니다. 그 기세가 너무나 엄중하였기에 병자년 호국이 조선을 침범할 때 호국의 선봉장 용골대는 경업이 지키고 있던 의주를 회피하여 바다로 군사를 내기까지 하였습니다. 심지어 호란을 당하여 남한산성에 피난하여 외롭게 성을 지키던 임금과 조정 대신들은 오로지 임경업이 와서 구해 주기만을 기다렸습니다. 그만큼 임경업은 무비를 철저히 하여 외적에 맞서 종묘사직을 지킬 유일한 장수로 형상화되었습니다.

둘째로, 볼모로 잡혀간 세자와 대군을 환국케 한 임경업의 공로는 무비보다 더 큰 공으로 인식됩니다. 《임경업전》에는 병자호란의 참상이 다른 어떤 소설 작품보다 구체적으로 묘사되었는데, 작가는 특히 강화도에서 왕대비와 왕자들이 사로잡히고 남한산성으로 피난한 인조가 항복한 사건을 구체적으로 서술하였습니다. 그중에서도 가장 집중적으로 묘사된 것은 소현 세자와 봉림 대군이 호장들에게 끌려가기 전 대비, 중전, 임금과 이별하는 장면입니다. 작가는 소설에서는 매우 드물게 세자와 대군이 볼모로 호국에 잡혀가는 장면을 자세하게 서술하였고, 특히 임금과 대비, 중전, 세자와 대군의 육성을 직접 전하며 극심한 슬픔과 고통스러움을 묘사하였습니다. 상대적으로 일반 민초들의 참상, 고난에 대한 서술은 간략한 편입니다. 경업이 필생 사명으로 삼은 것은 호국에 볼모로 잡혀간 소현 세자와 봉림 대군의 환송이었습니다. 호국 군사들에게 끌려가던 세자, 대군이 의주를 지키던 경업과 잠시 만나 대화한 장면을 보면 다음과 같습니다.

> "신이 이 기미를 알았더라면 이 몸이 전쟁터에서 죽음을 당한들 어찌 이러한
> 참혹한 일을 당했겠습니까? 전하께서는 슬픔을 참으시고 잘 도착하옵소서.
> 신의 몸은 만 번 죽어도 아깝지 않으니, 뒤에 신이 몸을 바쳐 호국을 멸하고
> 반드시 모셔 오겠습니다."
> "우리 목숨이 장군에게 달려 있으니, 장군은 병자년 원수를 갚고 오늘 약속을
> 잊지 말라."
> "신이 비록 재주는 없사오나 반드시 명대로 하겠습니다."

위 대화에서 경업은 두 왕자에게 자신의 목숨을 걸어 호국을 멸하고 세자와 대군이 환국할 수 있도록 돕겠다고 누누이 약속하였고, 두 왕자는 경업에게 자신들의 목숨이 달려 있다며 환국할 수 있도록 도와 달라고 간곡히 당부하였습니다. 뒤에 경업은 이 약속을 지켰습니다. 작가는 생각 이상으로 세자, 대군이 볼모로 잡혀간 사실과 그 고통에 대해 정서적인 면에서 묘사하였고, 그 일이 종묘사직의 보전에 심각한 위협을 주는 사건임을 지속적으로 보여 주거나 암시하였습니다.

뒤에 경업은 피섬을 지키던 명의 황자명 장군과 내통한 혐의로 호국에 끌려가다가 조선으로 탈출하였습니다. 한동안 숨어 지내던 경업이 승려 독보와 선원들을 속여 배를 얻어 타고 강제로 배를 남경으로 돌리게 한 것은, 그렇게 하지 않으면 호국을 공격하고 세자와 대군을 구출할 기회가 없다고 보았기 때문입니다. 뒤에 독보의 배신과 간

계로 말미암아 경업은 호병들에게 붙잡혔으나, 그는 호왕을 '무도한 오랑캐 놈'이라며 꾸짖고 목숨을 구걸하지 않았습니다. 경업의 강직함에 탄복한 호왕은 손수 맨 것을 끌러 손을 이끌어 자리에 앉히고 세자와 대군을 놓아 보내라고 명하였습니다. 이리하며 별궁에 갇혀 있던 소현 세자와 봉림 대군은 조선으로 돌아갈 수 있었고, 마침내 조선의 종묘사직에 밀어닥쳤던 위기는 해소되었습니다. 물론 이것은 실제 사실과는 거리가 먼 서술이지만, 아무튼 이로 말미암아 경업은 세자, 대군의 구출에 결정적 공을 세운 인물이 되었습니다. 세자, 대군의 무사 송환을 필생의 과업으로 여겼던 임경업은 마침내 그 임무를 완수하였고, 결과적으로 종묘사직을 보전한 영웅이 되었습니다. 이러한 형상화 과정을 통해 경업은 국가적 영웅으로 승화되었습니다.

● 호국은 어떤 나라인가

호국(胡國)은 청나라를 말합니다. 청나라는 누르하치가 1616년 건국한 만주 여진족의 나라로, 처음 국호는 후금이었다가 나중에 청으로 바뀝니다. 작가는 작품에서 한번도 '후금'이나 '청'이라는 국호를 사용한 적이 없습니다. 오로지 '호국'이라는 통칭만을 사용하였습니다. 이는 일차적으로 청나라를 오랑캐 나라라고 얕잡아보는 생각 때문일 수도 있지만, 한편으로는 작가가 현실 정치에 대한 구체적 서술을 일부러 피한 결과 때문일 수도 있습니다.

작품에서 '호왕'이라고 소개된 인물을 실제 역사의 인물과 대비해 본다면, 청 태조(太祖) 누르하치(努爾哈赤: 1559~1626)일 수도 있고(처음 가달의 침입을 받은 왕), 태종(太宗) 홍타이지(洪太時,皇太極: 1592~1643)일 수도 있고(병자호란을 일으킨 왕), 청 세조(世祖) 순치제(順治帝: 1638~1661)일 수도 있습니다(임경업과 세자, 대군을 방면해 준 왕). '호왕'의 형상은 이처럼 실제 여러 청 황제들의 이미지가 묘하게 겹치는 형상입니다.

◉ 임경업의 죽음과 김자점

실제 역사에서 제대로 활약하지도, 큰 공을 세우지도 못했던 임경업은 소설 《임경업전》에서 조선과 명을 위해 대단한 활약을 하고 공을 세운 장수로, 또 호국의 위협 앞에서 명에 대한 의리를 지키고 종묘사직을 보전한 장수로 다시 태어났습니다. 하지만 임경업의 역사적 사명은 거기까지였습니다. 호왕의 호의 덕분으로 본국에 돌아올 수 있었던 경업은, 김자점의 간계에 의해 누명을 쓰고 갑자기 허망하게 죽고 말았습니다. 덕분에 김자점은 시대의 공적이 되었고, 독자들은 김자점에 대한 공분(公憤)을 표출하게 되었습니다. 김자점은 다음과 같은 일련의 행동과 이유로 서사 세계에서 용서할 수 없는 악인으로 낙인찍혔습니다.

첫째, 그는 권력 지향적 인물로, 그 목적이나 구체적인 지향은 명확히 나타나 있지 않으나 조정 곳곳에 자신의 무리를 심어 놓고 처음부터 나랏일을 마음대로 처리하려고 하였습니다.

둘째, 그는 호국에 대한 대처와 방비를 제대로 하지 못한 무능한 인물입니다. 그는 호국이 침입할 때 고위직에 있었으나 무사안일하고 무능해서 결국 병자호란 패배의 빌미를 제공하였습니다.

셋째, 임경업을 모해하고 간계를 부려 억울하게 죽게 하였습니다. 그는 임경업을 '황명을 거역하고 도망하여 남경에 들어가 조선을 치고자 한 반역자'라고 임금에게 고발하였습니다. 임금이 이를 받아들이지 않았음에도 그는 자신의 동류들로 하여금 역적의 죄목을 씌워 국경에서 잡아 오게 하였습니다. 그리고 한양에 도착한 경업을 전옥에 잡아 가두고, 풀어 주라는 임금의 지시를 거역하고 무사들로 하여금 무수히 때려 감옥에서 죽게끔 하였습니다. 이 일은 김자점이 악인으로 낙인찍힌 가장 결정적 사건이었습니다.

물론 임경업의 죽음과 김자점의 관계는 실제와는 차이가 있습니다. 실제 역사에서 1646년 6월에 임경업은 죄인이 되어 조선 사신 이경석에 의해 본국으로 송환되었으며, 18일 서울에 도착해 인조의 친국을 받았습니다. 조정에서는 임경업을 심기원의 옥사에 관련시키려 하였습니다. 그는 심기원으로부터 은 700냥과 승복 및 체도를 받은 것은 시인했으나, 역모 가담은 극력 부인하였습니다. 그러나 임경업이 달아날 당시 형조판서로 있다가 그 사건으로 파직된 원두표와, 임경업과 지난날 가장 가까웠던 김자점이 그의 처형을 주장하였습니다. 김자점은 임경업이 평안 병사 겸 의주 부윤으로 있을 때 도원수로서 서북면의 방어에 전 책임을 졌고, 이후에도 경업을 옹호했던 인물입니다. 그런데 임경업을 죽여야 된다고 주장한 것은 자기를 지키려고 죄를 덮어씌운 것입니다. 임경업이 중국으로 배를 타고 들어갈 때 그에게 배를 구해 주었던 인물은 김자점의 첩의 오라비였습니다. 임경업이 문초를 받다 보면 김자점에게까지 책임이 돌아올 수 있기 때문에 김자점은 경업에게 죄를 물어 서둘러 처벌하려 했습니다. 1646년 6월 20일 임경업은 심기원 사건의 연루 및 자기 나라를 배반하고 남의 나라에 들어가서 국법을 어겼다는 죄를 뒤집어쓴 채 형리의 모진 매를 이기지 못해 마침내 숨지고 말았습니다. 그의 나이 53세였으며, 그는 고향인 충주의 달천에 묻혔습니다.

소설(경판본 27장본)에서는 그 뒤 김자점의 죄가 모두 밝혀져 참혹하게 죽임을 당하고, 그의 삼족은 능지처참되었습니다. 임금은 경업의 자손들에게 상을 내리려 하였지만, 그들은 공명에 뜻이 없어 이를 거부하고 농업에 힘써 세상을 잊었다고 했습니다. 세책본인 동양문고본에서는 임경업의 세 아들 중 두 아들이 높은 벼슬을 하고 부귀를 누리는 결말로 끝을 맺었습니다. 물론 임경업의 가족이 김자점에게 사적으로 복수한다는 내용은 사실과 다르니, 소설의 결말들은 다 뜻이 있는 것이겠지요?

조선에서는 1680년대 이래 국가 차원에서 대대적인 정표(旌表) 사업을 전개하거나, 임경업이나 김응하와 같이 명나라 중심의 질서를 지키기 위해 목숨을 바친 인물들의 전기를 편찬하였습니다. 이는 이미 멸망했지만 임진왜란 때 조선을 구해 준 명에 대한 의리를 더욱 강조하고 내면화하기 위한 작업들의 하나였습니다. 소설 《임경업전》의 작가는 이러한 17세기 말의 시대의식을 공유하며, 임경업을 시대의 민족적 영웅, 새로운 인간상으로 재탄생시켰습니다.

임경업이 추구했던 충신의 삶은
무엇이었을까?

● 《임경업전》에서 임경업은 조선과 청나라, 명나라, 삼국에서 이름을 떨친 용맹한 장수이자 병자호란이 일어난 뒤 청나라에 볼모로 잡혀간 두 왕자를 본국으로 돌려보내는 공을 세운 충신입니다. 작가가 충신 임경업의 생애를 소설화하면서 표현하려 했던 시대정신이 무엇인지 생각해 봅시다.

● 《임경업전》은 《임진록》, 《박씨전》 등과 함께 임진왜란, 병자호란을 배경으로 한 조선조의 대표적 역사 소설, 역사 군담 소설로 꼽힙니다. 이 작품들이 우리 문학사에서 차지한 자리는 어디쯤일까요? 여러 작품을 함께 읽어 보고 생각해 봅시다.

● 《임경업전》의 결말 부분에서 임경업의 자손이 김자점의 간을 꺼내어 씹는 장면은 우리 소설에서는 보기 드문 복수담인데, 이 장면에서 느껴지는 정서가 무엇인지 이야기해 봅시다.

● 임경업이 추구했던 충신의 삶은 무엇이었을까요? 국가적 임무 수행를 위해 자신의 개인적 성취와 가정을 희생하는 것은 어떤 의미가 있을까요? 자신의 개인적 성취, 사랑과 효, 가족의 행복, 국가적 임무 사이에서 고민했을 임경업의 삶에 대해 이야기해 봅시다.

◉ 조선 시대 사대부들은 망한 명나라를 추모하고, 새로 중국의 주인이 된 청나라는 무시하고 인정하기 싫어했습니다. 그러다가 병자호란의 국치를 당하기도 했지요. 외교 관계에서 의리와 실리 중 어떤 것이 더 중요할까요? 오늘날 미국, 중국, 일본, 러시아, 북한 등과 얽힌 국제 정세를 생각하며 이 질문에 대해 생각해 봅시다.

◉ 《임경업전》에서 임경업의 아들들은 국가의 보상을 거부하고 농촌에 묻혀 살았다고 합니다. 왜 그랬을까요? 충신과 애국자의 후손은 가난하게 산다고 하는데, 이들에게 국가는 어떻게 보상해야 할까요?

참고 문헌

경판 27장본 《님장군전》

동양문고본 세책본 《임장군전》

《林忠愍公實記》

계승범, 《정지된 시간―조선의 대보단과 근대의 문턱》, 서강대출판부, 2011.

김기동, 《이조시대소설론》, 이우출판사, 1974.

이복규 엮음, 《임경업전》, 시인사, 1998.

이복규, 《임경업전 연구》, 집문당, 1993.

이윤석, 《임경업전 연구》, 정음사, 1985.

이윤석·김경숙 교주, 《홍길동전·임장군전·정을선전·이대봉전》, 경인문화사, 2007.

임계순, 《만주족이 통치한 중국, 청사》, 신서원, 2000.

장덕순, 〈병자호란을 전후한 전쟁소설〉, 《국문학통론》, 신구문화사, 1963.

권혁래, 〈'임경업전'의 주인공 형상과 이데올로기〉, 《고소설연구》 35집, 한국고소설학회, 2013.

박경남, 〈임경업 영웅상의 실체와 그 의미〉, 《고전문학연구》 23집, 한국고전문학회, 2003.

서대석, 〈임경업전 연구〉, 《고전소설연구》, 국어국문학회, 1979.

서혜은, 〈경판 임장군전의 대중화 양상과 그 의미〉, 《고소설연구》 27집, 한국고소설학회, 2009.

국어시간에 고전읽기 16

임경업전, 적병들의 머리가 가을바람에 낙엽 날리듯 떨어지니

1판 1쇄 발행일 2015년 4월 30일
1판 3쇄 발행일 2021년 12월 20일

기획 전국국어교사모임
지은이 권혁래
그린이 이정빈

발행인 김학원
발행처 (주)휴머니스트출판그룹
출판등록 제313-2007-000007호(2007년 1월 5일)
주소 (03991) 서울시 마포구 동교로23길 76(연남동)
전화 02-335-4422 **팩스** 02-334-3427
저자·독자 서비스 humanist@humanistbooks.com
홈페이지 www.humanistbooks.com
유튜브 youtube.com/user/humanistma **포스트** post.naver.com/hmcv
페이스북 facebook.com/hmcv2001 **인스타그램** @humanist_insta

편집책임 문성환 **편집** 윤무재 **디자인** 김태형 박인규 림어소시에이션
스캔·출력 이희수 com. **용지** 화인페이퍼 **인쇄** 청아디앤피 **제본** 정민문화사

ⓒ 권혁래·이정빈, 2015

ISBN 978-89-5862-798-2 44810